U0428177

玫瑰是偷的，我喜欢你是真的；

情书是抄的，我爱你是真的。

把我的爱都给你，用一纸信笺抵达你的醇美。

后来，我喜欢的人都像你

万诗语　著

化学工业出版社
·北京·

在这本书里，为你准备好了信笺，

你可在上面记录心情，写下秘密，

或是爱一个人的小心思，

它可以是你的私人藏品，

也可以成为一本只属于你们独一无二的爱情记事本，

记录着你们拥有彼此。

所以，这本情书，需要一支笔，两颗心，你准备好了吗？

前 言

在情窦初开之际，那种怦然心动的喜欢，只是一种感觉。而恰是这种朦胧的感觉，让青春的爱恋变得含蓄而隽永，令人回想和难忘，仿佛那种感觉赋予了青春存在的意义。

那种爱恋好似青涩的果实，酸涩中带着甜蜜的味道，清醇沉淀透明的情感，悄悄泛起丝丝涟漪。也正因为它的青涩，才会显得那样的珍贵，它的美不似成熟的艳丽炫耀枝头，不似盛夏的雨幕酣畅淋漓，而是青中泛红的羞怯，甜中微苦的滋味。

你看向我的时候，世界突然变得一尘不染，从那时起，不管我念与不念你，你都沉淀在我眼里；不管我想与不想你，你都落入我脑海里；不管我喜欢你还是讨厌你，你都深深地埋藏在我心底……如一条湍急的河流在我的心里波涛汹涌，而我，却无法泅渡。原来，我已无法自拔地爱上了你。

于是，想寄一封情书给你，把自己写给你看……

如果，晴天是快乐的理由，你就是我的晴天；如果，阴霾是羞涩的表情，也只因你的存在而值得留恋。你犹如一阵轻风，吹皱了我的心湖，留下平平仄仄的波纹让我独自抚慰；你是一缕淡雅的幽香，留下淡淡的余香让我沉醉；你是一段悠扬的乐曲，余音依然在我耳畔萦绕……

喜欢着你的时候，有时心里潮潮的、湿湿的，饱满得像涨了水的河；有时又空落落的，像河床上摊晒出来的带着光芒的石头；有时心里软软的、润润的，像趁着雨水长起来的柳梢；有时又闷闷的、燥燥的，像燃了又燃不烈的柴火。

想念着你的时候，我会偷偷地笑，像个孩子一样，不为心爱的玩具，不为蜜甜的糖果，只为想着你时的美好；想念着你的时候，我还会独自的伤感，像个战败的士兵，不是因为战斗的失败，而是因为战败后不能捧着一束馥郁的百合戴在你的头顶。

可是比起爱你，我更怕惊扰了爱情，我一边怀疑着自己，一边审视着自己，一边可怜着自己，一边也安慰着自己。想着各种理由来讨厌你，讨厌你占据我所有思绪，讨厌我的情绪

受你控制，讨厌你不知不觉成了我梦里的常客，连你的模样我也想过要尽力地忘记。

对你的心意未曾在嘴里说出，也未曾在眼神里透露，可是我的每一根头发、每一个毛孔似乎都在诉说着。

如果可以不爱你，我就没有这思念的甜蜜苦楚。天不会因为你而显得阴郁，心不会因为你而寂寞。如果可以不爱你，失去你，我就不怕迷失了自己；得到你，我也不怕你哪天会离去。

可是，纵使不爱你有多么好，可我还是想要对你告白。因为如果没有你，这世界再多美好，对我来说又有什么意义？

想把这封情书送给我最心爱的你，希望它没有打扰你，而我只是想告诉你，你是我青春里那场注定会遇见的爱情，我不说永远，只希望，每个明天你都在。

多少个日子，无时无刻不牵挂着你；
多少页日记，一笔一画都是关于你。

目　录
CONTENTS

Part One　因为有了人海，相遇才显得意外

Part Two　喜欢你，是一场漫长的失恋

Part Three 最美不是下雨天，而是与你躲雨的屋檐

Part Four 我想知道你的心事，或者成为你的心事

Part Five 如果世界对你不温柔，我愿做你的世界

Part Six 后来，我喜欢的人都像你

Part One

因为有了人海，
相遇才显得意外

因为遇见你，

我的春天便提前到来了，

心里满溢着欢喜，

仿佛听到花开的声音。

明明只看了你一眼，
脑海里却和你
过完了一辈子

在同一朵云彩下，你看见我，我看见你，不远也不近。你就在那儿，有树有水。我没有找你，我碰见你了；我没有想你，我看见你了，你还能往哪儿跑呢？你是我今生今世最大的意外。这不是在梦里，也不是在画里，瞧你的长发森林、你的明眸流水，都是我的家。

从来没有信仰，也不相信命运，直到有一天，遇见了你。之后的时光，我的世界变得简单无比。人分两类，是你和不是你；时间分两类，你在的时候和你不在的时候。我不想要什么礼物，只是想，当我需要你时，你能在身边；当我说话时，你能用心听；当我难过时，你能给我一个拥抱。

炎热的盛夏，爱情没有和任何人打过招呼就来到了我们的身边，正如你没有打过招呼一样，就悄悄地出现在我的视野中。爱是一种奇妙的际遇，本是陌生人的你，因为一场相遇，突然之间就成为了我的整个世界。

你知道吗？一个人与另一个人，相遇的可能性只有千万分之一，成为朋友的可能性大约是两亿分之一，而一见钟情的可能性只有五十亿分之一。缘，是种很奇妙的东西，世界那么大，有那么多人，我却遇见了你。只是那么一个偶然，只是那么一个巧合，你我拉开了同一片天空的帷幕。

世上

本没有一见钟情，所谓的一见钟情，
不过是你遇见了那个你一直想遇见的人。

Moment

Idea

Event

Whisper

这个世界最坏的罪名，叫太易动情，
但我喜欢这罪名。

Idea

你笑起来的一瞬间，寒冬的冰雪也渐消，春风融化了我的心窝。我会觉得你走路的身姿扭起来真好看，会觉得你头发丝里都藏着云彩，会觉得你的花裙子飘扬着青春。怦然心动的一瞬间，我明白，这一眼，便难以忘记。

我只想成为能为你疗伤的唯一温柔，也自私地奢望用相遇后的美妙取代曾经的阴霾。而遇见你，只因夕阳记错了落山的地点，我瞳孔里的视野，至此只有了你。还是那首小诗的情结，见或不见，我都会在这里等你；牵或不牵，我都在原地爱你。

毕竟心是个连自己都控制不了的东西，看见你的时候，就觉得：嗯，是你了。需要盛着几分笑容，才能显出我的欣喜，我应是端庄大方，还是洒脱可人，才会让你更加倾慕？遇见之前，直至你出现之后，我都不会是最好的那个。但我一定是最奋力成蝶的那只蛹，只为你能笑意盈盈地收我在你的肩头。

你轻轻地走来，如花香拂面，如微风掠发，如一场浪漫至极的雪落入梦中，悄无声息地洒满我的世界，映白我的黑夜，冷月无言也要为这白茫茫的一片加上一点光亮。我随着雪花翩翩起舞追逐你的脚步，你的每一个动作都毫无遗漏地落入我的眼中，触动我每一条为你而传导的神经。

夕阳弥漫进教室里，美的不是温暖的夕阳，而是你的课桌；玻璃窗外狂走着沙石，美的不是掠过的风，而是你站立的位置；铁丝网分割着被白雪覆盖的操场，美的不是纯洁的白雪，而是我站在那里，一转身，看见了你。

喜欢在花的絮语下聆听你，聆听纷纭的情愫，解读你过往的故事。用我即将风干的笔墨为你写一纸细腻。你可曾留意，那满山的鲜花早已因为你的停留为山留香；你可曾留意，那婀娜的蝶早已因为你的到来飞舞歌唱。遇见你，惹一世花开；遇见你，便是今生最美。

你一个眼神的流转，便轻易俘虏了我的心，再没了矜持、再没了自我、再没了骄傲，为你，哪怕是低到尘埃里，我依旧是欢喜的，只要能够看到你脸上的微笑，淡淡地盘旋在唇角，那么于我，就是甜蜜的。别人喜欢你的美貌，而我更爱你的笑脸。

我见过

春日夏风秋叶冬雪，也踏遍南水北山东路西岭，

可这四季春秋，沧山泱水，

都不及你冲我展眉一笑。

认识你之后，每天都在心里祈愿有情人终成眷属。

望着你，像一片彩云从我眼前飘过，比雪花还要轻盈，比春风还要多情，比阳光还要温存。那一刻，我总能生出些许想象，看到的天突然蓝了很多。你动情地向我挥挥手，我的心沸腾着，毫不怀疑这是遇上了天使，是我朝思暮念的天使。

你如清风般来到了我的身边，悄悄地吹动了我的窗沿，惹来风铃阵阵流动。此刻，夕阳的光晕染红了整片天空，你傻站着，看着夕阳散发出的淡橘黄，忘记了整个尘世。而我却对着夕阳下的身影痴迷，忘记了尘世里的光。

遇见，像是我们循着彼此的味道而来，你温柔呼唤，而我恰好应答，为彼此单薄的青春带来柔和美好的光亮。秋的凉，冬的冷，终抵不过交错在彼此心中爱的暖流。我甘心停留在你眼里的柔波和眉间的浅笑中。

喜欢一个人，每次遇见都像重逢

什么是喜欢？就是淡淡的爱，慢慢的情。当你走进我视线，全世界都是黑白，只有你是彩色；当你与我说话，我觉得胸闷气短，脑袋好像被大锤撞过一样智商为零；和你在一起的每一分每一秒，我都记得清清楚楚，并提醒自己永不忘记。

你的一举一动、一颦一笑、一言一语，无时无刻不牵动着我的心、我的灵魂。你是雨后的那一抹阳光，看到你时就不由自主地感到喜悦、感到温暖，就像寒冬腊月那一炉熊熊燃烧的火焰，总想靠近一些，再靠近一些。

从我遇见你的那一天起，我就在心里恳求你，如果生活是一条单行线，就请你从此走在我的前面，让我时时可以看到你；如果生活是一条双行线，就请你让我牵着你的手，永远别走失。

我遇见你，不是为了有更好的结果，只是为了在最美的时光遇见最美的人；我喜欢你，不是为了得到，只是为了能在同一片天空下呼吸而满足。我不去想遥远的结局，因为许多美丽的邂逅，不管最终结局如何，都改变不了它曾经炽热地怒放过，就像你在我的生命里撒下了一粒叫做“初恋”的种子，而它永远不会腐去。

夏天连着一个秋天，

一次遇见敲击心里永远澎湃的鼓点。

一个昼夜平分一片时光，

一张侧脸带来不安躁动的美好初恋。

自从遇见你，我所做的每一件事情，
都是为了接近你。

人世间的所有行走，不是为了去做个寂寞的旅人，而是为了去遇见。无论是在人潮拥挤的街头撞见，还是在怡人美景里偶遇，当我遇见你，我忽然觉得，我们好像在哪里见过，像是一场久别重逢。从此，我便相信了那句：世间所有的相遇，都是久别重逢。

我听过一种说法，每个人都是一段弧，能刚好凑成一个圆圈的两个人是一对。在遇见你的那一刻，我也遇见了光。无论那一刻我是最美的样子，还是最丑的样子，我知道，你一定会喜欢上我，即使我美得那么微不足道。

如果上帝能及时地安排一场巧妙的雨，我感到的不会是阵阵凉意，而是恰到好处的温暖。当你头顶着衣服匆匆地向我跑来，我会递给你一把透明的伞。踩着泥泞，即使溅湿了裤脚也无所谓，因为有你，陪我一起走向遥远的目的地。

遇见你的感觉，就像是储备的运气、眼泪和辛酸，统统被你打开了开关，直接绕过客套和寒暄，像认识很多年的朋友那样交谈，一个眼神你就懂，一句话说不完全你也能应和，我们之间，总是不费力地有话聊。遇见你了，才明白什么叫对的人，这倒也应了那句：斯人若彩虹，遇上方知有。

我有些忘记，你是以什么样的姿态入侵我的生命的呢？是披着朝阳？是迎着风中的柳絮？还是顶着一张温暖的笑脸？我只记得，当时你说“大家好”，而我只想说“你好”。

总会有一些为数不多的美好时刻，就像偶然遇见你，神奇地感觉如此眼熟亲切，一见之下难以忘怀。人生的瑰丽迷人，也正在于这些难以解释的美妙感觉，神秘幽深的美丽，就这样在某天某个疲惫无聊的时刻不期而至，触动心灵的琴弦。

当我对你的一见倾心，变成了慢慢喜欢，这样的喜欢像初春的桃花，艳红的花瓣随着暖暖的春风飞舞，而后静静地躺在带着泥土香气的小草丛里，点缀着初绿的草芽儿，哪怕是一滴露珠的滑落，都会激起不羁的波澜。

你的眼瞳如水，就那么一眨，便让我把心整个地交给了你。你的情感如宏，就那么一闪，便让我如鱼儿般

心动大概就是你途经了那朵小花的绽放，

而那时我恰好莞尔一笑。

彻底坠入了你的心湖，只在春天的风里留下了一串甜蜜的音符。而你那温暖的呓语，如水一样轻轻地抚摸着我暗涌的激情，让我走不出春天的怀中。

当我遇见你的时候，我就知道，我的整个青春都将与你有关。对我来说，爱是即使零分也心甘情愿接受的不期而遇，何况你对我来说已经是百分了。

在最美好的年华，在最适宜的时间，我们演绎了一场人间最诗意的遇见。从此，我的梦境不再孤单。因为有你，无数的时光，便是无数的欢乐，便是无数美丽的心情在闪烁。仿佛看到的每一张面孔都是温馨的花朵，都在向世界含笑致意。

假如

没有遇见你，我不会相信，

有一种人可以百看不厌，

有一种人一认识就觉得难忘。

你是时光送给我最好的礼物

你是一只轻盈的蜻蜓，轻轻地来过，在我心中荡起层层波纹。从此，一湖碧波不再寂寞。你只是偶然路过，用薄薄的羽翼轻点我的湖心。可我却从此春心荡漾，连寂寞都华美出夏的衣襟，展开绚烂情怀，将你苦苦等待。

学校的展览墙上，张贴了你画的一幅写意画，画里的一笔一彩穿透了我的眼睛，倒影在我记忆的海，平静的海面有你梳妆的样子。我屏住呼吸，我怕一丁点儿的涟漪弄丢了海面的倒影。哦，忘了告诉你，遇见你以后，再没打算去爱别人。

你在礼堂的舞台上跳舞，柔和的灯光，优美的舞步，缓缓的、悦耳的旋律，我坐在黑暗的一隅，伸出双手，捧起你的舞步，微笑着任舞步声娓娓地轻弹着耳廓，深入耳膜。不胜酒力的我，醉倒在礼堂的舞台之下，好想不再醒来。

如果不是因为你的出现，我不会相信这世界上有的人、有的事、有的爱，只见过一次，就注定要羁绊一生，像一棵树一样，生长在心里。而我知道，在这个不讲对错的年纪里，你是时光送给我最好的礼物。

常常在人群中寻找你，好像看一眼就会安心。在操场、食堂、教学楼里用很笨拙的方式向你靠近，故意在超

自从

与你邂逅，我有了一个卑微的梦，
就像种子掉进了土壤里，准备发芽。

市逗留因为知道你也会来。拉着好朋友走得飞快，然后在你的附近又把脚步放慢，只为偷偷看你几眼。你不知道吧，每一次巧合里，都有我的努力。

喜欢是一种多么自私的感情，最是惧怕分别离开，我遇到你的第一眼就被这种感情蒙蔽。而最好的爱，是不让你孤凄，不让你煎熬，不愿你受难，是无论如何都要知道，你过得好不好。

你说，你喜欢雨中的新草，它们就像你萌动的心，在晨与昏的距离里，与我靠近。而我没有告诉你，我更喜欢微凉的冬季，因为我很想为你做点什么，织一条围巾、写一封很温暖的信。很想和你一起看一场雪，或是打一场两个人的雪仗，而我，会细心地为你抖落身上的雪花。

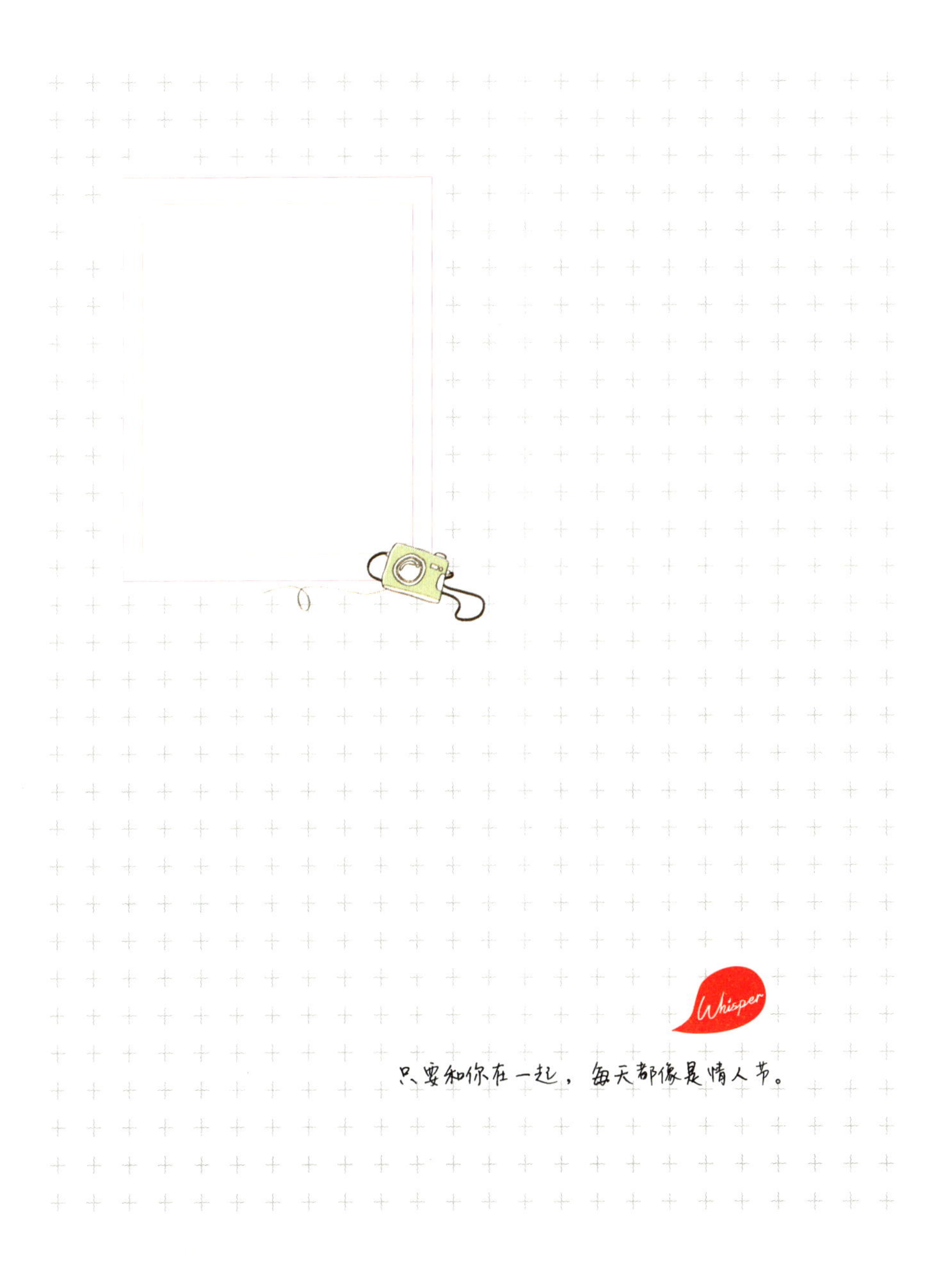
Whisper
只要和你在一起，每天都像是情人节。

拥挤的人潮中，我只看见了你

总有一些遇见，无关天涯海角，却是一场宿命的邀约。你可能不大记得我们的相遇，你在看风景，桨声灯影里的秦淮河畔，我竟一眼望见你，似冥冥中有注定。

静静地等待着一场相遇，在心中喜上眉梢，这就是缘分，属于你和我的缘分。于是，我在每一个时刻，深情地凝望着你驻足的方向，悄悄地看着你必经的路。我心中坚信，你一定会越来越近。

人间的缘，从来由不得自己左右，也从来无法预估，总有那么一种奇遇，是让人怦然心动的永久，总有那么一种邂逅，是让人守候一世的传奇。人与人之间，向来奇妙，一句“原来你也在这里”就是最惊艳的开场白。

世界上永远没有无缘无故的爱，正如在茫茫人海中，不偏不倚地不期而遇。只是有些原因，你不能明白，而我没有坦白，或许是相遇时恰好你笑了，或者是你皱眉了，所以，我爱了；所以，你来了。

如果你愿意，我想和你穿越人生的每一道风景，不是因为世界太美，而是身边有你。憧憬一段任性的旅行，最好在青春飞扬的时节，最好有个遥远美丽的目的地，最好能伴阳光前行，当然，最重要的是有你。

人身上

有 206 根骨头，看到你的第一眼，

我便有了第 207 根骨头。

我做过一个很长的梦，梦里我们在六月的树荫下，放声地嬉戏、追逐。阳光透过树荫，映在我们身上。你在我前面，长发飘扬，梨涡浅笑，空气中弥漫着你的香气，那种淡淡的幽香，源自你的每一个动作、每一个表情、每一次呼吸。我明白，即便是在梦中，那也是最真实的爱恋。

夜深人静，我轻轻地打开初恋的那扇门，想把心思说给悠悠飘逸的云朵，说给悄悄私语的星辰，想让它们替我告诉你：再美的生活，如若没有相遇也是遗憾；再美的风景，如若不能与你共赏也是枉然。

Whisper

最好的感觉是当我朝你看过去时，你已经在凝视着我。

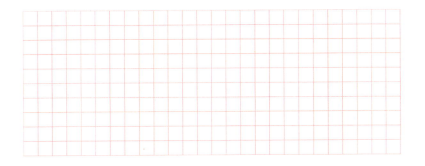

有的人就是为了找你，
才去你们相遇的地方

假如我来这世上一遭，只为与你相聚一次，只为了亿万光年里的那一刹那，一刹那里所有的甜蜜与悲凄。那么，就让一切该发生的，都在瞬间出现吧。我俯首感谢所有星球的相助，在我最好的年纪，让我与你相遇。

你给我的幸福感，我舍不得张扬，只有静静地相守。就像这场相遇，没有抑扬，亦没有顿挫。故事平淡得犹如一眼清泉，轻轻地、静静地流淌在岁月的长河里，不起波澜，偶有涟漪。遥望，在路的尽处，一片暗香袭来。是你，踏歌而来，在丛林深处，一缕淡香飘来。

爱情可以很简单，就是我很想遇见你的时候，你也正好在找我。我始终觉得，蝶只是为花而来，而花独为蝶开。我一直都把自己当作一朵花，素朴、淡雅，脉脉流芳，而把你看作一只蝶，吸引、诱惑，真情流露。那么，你也要相信，你是为我而来，而我是为你而开。

如果，我们是在街道上遇见，那几秒短暂的擦肩，即使是在喧闹的人群，我也能敏感地嗅出你的特别。我不期待你是朗眉星目、温文尔雅的万人迷，也不期待你手里捧着的是一束多么娇艳欲滴、令人艳羡的玫瑰。只是像路人甲和乙，云淡风轻地相遇，然后惊喜地发现彼此，心有灵犀地相互回顾。那么我会笑笑，顺手递给你一个我最喜欢的草莓甜筒。

当我

觉得自己需要一路小跑才能追上他的时候，

却发现他竟然悄悄地放慢了脚步等我。

Whisper

我生命中最美的时光，是从遇到你的那一刻开始的。

Hello

如若，不曾相遇，我们便没有了这场飞花般的别离；如若，不曾相遇，你在我的生命里，只是一个未曾经过的站点，我不会在里面欣喜地小憩；如若，不曾相遇，我还是我，你还是你，我不会相信生命里会有奇迹。

以前我会想，到哪里去找那么好的人，配得上我明明白白的青春呢？到哪里去找那么对的人，陪得起我千山万水的旅程呢？可你知道什么叫意外吗？就是我从没想过会遇见你，但我遇见了；我从没想过会爱上你，但我爱上了。无论你在眼前还是天边，一想到这个世界有你的存在，心里便觉得柔软安定。

望着你，像一片彩云从我眼眸飘过，比雪花还要轻盈，比春风还要多情，比阳光还要温存。你动情地向我挥挥手，我的心沸腾着，毫不怀疑这是遇上了天使，是我朝思暮念的天使。你浅浅的回眸一笑，唤醒了我的灵魂，开启了我此生最美的一段时光。

Part Two

喜欢你，是一场漫长的失恋

你问我海棠为什么没有香味，

我想，

海棠暗恋去了，

怕被别人闻出它的心事，

所以，舍去了香。

每一次，有你身影的场合，我都会祈求上天，让你看到我，哪怕是一眼都好。我祈求我们可以滋生一些情节或者可以出现一株疯长的藤蔓，让我有机会从心底盛开一朵不凋谢的小花，然后顺着藤蔓传递给你。

我的心像琴弦一样绷得紧紧的，你一出现，它便不停地奏鸣，时刻为了你而紧张、激动。可是你对此却毫无感觉，就像你对口袋里发条绷得紧紧的那块怀表没有一丝感觉一样。怀表耐心地在暗中数着你的钟点，量着你的时间，用听不见的心跳伴着你的行踪，在它的“嘀嗒嘀嗒”之中，只期盼你能有一次向它匆匆瞥一眼。

如果你有那么一点点喜欢我，就一点点，我也会有勇气去争取。可是，我也不知道怎么去分辨，生怕我以为的暗示，或许只是自己的自作多情。这样的自己，是那么的渺小和力不从心。你只字未提“我爱你”，我却字字都是“我愿意”。

我知道有一天你一定会喜欢我，只是现在还没到那个时候。我知道你会在 13 月喜欢我，在 32 号喜欢我，在星期八喜欢我，在 25 点喜欢我，在 61 分喜欢我，在 61 秒喜欢我。所以我等你，哪怕我等不到，但我还是很喜欢你。

如果

你的朋友圈和微博是用纸做的，

恐怕我早已把它们翻烂了。

我羡慕你，因为你可以选择爱我或不爱我，而我只能选择爱你或更爱你。

我无数次地在暗夜的梦里辗转，甚至在无人的角落，对着镜子研究你的名字从我的唇里蹦出来时，我的眸子中是怎样的欢喜，我的脸颊上会是怎样的快乐。但是无论预先排练多少遍，只要站在你面前，我一下子就语塞了，连“你好”两个字都带着青涩的颤抖。

我一直希望，我对你的喜欢，是唯一存在的。无论是你的优点，还是缺点，无论是你讨人喜欢的时候，还是令人烦躁的瞬间，无论你是在辉煌的顶点，还是黯淡的低谷，这些都应该只属于我一个人。喜欢你这件事，只要我自己就足够了。

对你，哪怕多看一眼，都还是想拥有。我以为，我已经把你藏好了，藏在那样深、那样冷的心底。我以为，只要绝口不提，只要让日子继续地过去，你就会变成一个古老的秘密。可是，不眠的夜仍然太长，而早生的白发，又泄露了我的思念。

比数学题还难解的，是少女的心事

在心底默默地喜欢一个人，就像在心里养一株植物，我用你的言语表情、动作神态，日常能观察到的各种琐事见闻，包括从朋友那听来的小道消息滋养着这株植物，等到它已经能自由生长，再也不受控制，要反过来控制我的时候，我就知道，它长成了。

我心底有一颗关于你的种子，经过冬雪的滋养，在春雨下不可阻挡地疯长起来。于是，我便写下长长的文字寄托追寻你的愿景，然后一帧一帧地放在通透的心房里。关于喜欢你这件事，没什么好说的，认栽。

爱着的时候，我总是费尽心机地打听你所有的事，秘密地回味你每个动作的细节，每知道一些，心里就刻下一个点，点多了，就连出了清晰的线；线长了，就勾出了轮廓分明的图。若能远远地看见你，心里就毛毛的、虚虚的、痒痒的、扎扎的，或上天堂，或下地狱，或者就被搁在了天堂和地狱之间。

我昨天很爱你，今天不想爱了，但我知道明天醒过来，最爱的人还是你。喜欢一个光芒万丈的人，一点儿都不可怕。不管遥不遥远，能遇见你，已经是一种好运。因为你，我愿意成为一个更好的人，不想成为你的包袱。因此奋发努力，只是为了想要证明我足以与你相配。

如果

我看过你看过的世界，
走过你走过的路，
是不是就能更靠近你一点儿。

我不想说从第一次见你就喜欢这么俗气的话，尽管这是事实；我不想说想与你度过余生这么虚假的话，尽管这是事实；我不想说我真诚地爱着你，胜过爱我自己这么自大的话，尽管这也是事实。我不嫉妒你爱的人，我不拒绝你的任何一个请求。如果我不能成为让你欢笑的那个人，那我仍旧不想告诉你，我爱你。

我相信，爱的本质一如生命的单纯与温柔；我相信，所有光与影的反射和相投；我相信，满树的花朵，只源于冰雪中的一粒种子；我相信，三百篇诗，反复述说着的，只是我没能说出的那一个字。其实，我盼望的，也不过就只是那一瞬，从没要求过你，给我你的一生。

当一开始的好感，随着那抹淡笑逐渐加深，当我掉进那名为“喜欢”的漩涡，深不见底。当我忍不住问你，你到底爱不爱我，请你一定要骗我。不管你心里有多么不愿意，你都不要告诉我，你从来没有喜欢过我。

我会一直喜欢你，直到数学满分。

每天有 10 个小时我和你的距离只有 20 厘米，你就在我身后，偶尔把玩着我的马尾，指尖不经意地触碰到我的脖颈，留下一阵麻酥酥的凉意，我努力克制住因为激动有点轻微颤抖的身体，唯恐被你发现一些端倪。窗外阳光照了进来，入目的一切事物都好像变得美好起来。幸好你在我的身后，没看见我上扬的嘴角。

我每天会花上好几个小时盯着你的背影发呆，你时而抬头看着黑板，时而低头在笔记本上刷刷地写些什么。心脏像是被什么东西轻轻扫过一样痒痒的，那感觉像是电流瞬间遍布全身。幸好你背对着我，看不到我满脸的欣喜。

一盏路灯爱上了街对面的另一盏路灯，就像我爱上你，只是隔着一条街静静地守候着你。有时明明是两盏路灯对望了一整天，但彼此连一句低声的招呼都不曾有。但想想，比起中间那条街道上的人来人往，这样不变的守望不也很好吗？

悄悄地翻过你的每一条状态，看过你每一张照片，就连下面的评论也一条不落，然后再点击删除来访记录，为的就是看到你眼里那惊喜的光芒，哪怕只是说一句“你竟然知道”。这一刻燃起的成就感，仿佛能盖过所有的难过和无奈。

把藏在

心里的那句话

写在雨后的玻璃上，

天晴后它会化成告白的勇气吗？

每一次在校园里遇见你，我都会害怕与你眼神接触刹那的脸红心跳，却又总是期待着与你有一次浪漫的邂逅。我总是会在与你擦肩而过时，羞涩地低下头，不敢看你那张早已熟记于心的脸，却总是会悄悄回头偷看你远去的背影。原来喜欢一个人的第一感觉，是会害怕。

日色渐垂，一道身影降临在了运河的岸边。我知道，那必是你。夕阳放出华光，似是金黄，又是浅红。一片一片，一缕一缕，在河面上呈现出斑斓的色彩。也许，只有你配站在那样的风景里。你的身影若隐若现，却未曾消失在我的眼帘之外。多想让自己沉睡在这个画面里，那样的话，我的眼睛里就再也不会消失你的模样。

我有一百种想要关心你的理由，却少了一个能关心你的身份，只能远远地看着，悄无声息地把你放在生活的每个角落里。闭上眼睛的时候，听课的空当里，抬头与低头的间隙，你都变成了我思想的主角，在离我生活最近的地方。

我比你早动心，却偏要等你说出来。

喜欢着你的我，浑身充满了莫名其妙的动力，生活被有序地分为了看到你的和看不到你。看不到你的时候，我和我自己幼稚的梦想一起并肩作战；看到你的时候，我会偷偷地想，你什么时候会从我的梦想变成和我一起并肩的人呢？

我对你的爱恋，没有尘世的牵绊，没有啰唆的尾巴，没有俗艳的锦绣，也没有混浊的泥汁，简明、利落、干净、完全。我一直觉得这种爱，古典得像一千年前的庙；晶莹得像一弯星星搭起的桥；鲜美得像春天初生的一抹鹅黄的草。

每个女孩的长大，就是在心里偷偷地住了一个人。你的名字会出现在我带有香味的日记本里，你的模样会沾染了我的眼泪，你的微笑接近太阳的温暖。就连在梦中， 你似有似无的拥抱也变得柔软。我想将对你的思念，寄予散落的星辰。但愿星光照进你的窗前，伴你好眠。

只有经历过的人才知道，当暗恋的情愫过于盛大和隆重时，很多时候，是无法喊出那个人的名字的。虽然就是那么简单的几个音节，可要清晰地说出它们，却像移走一座大山一样艰难。可能在别人眼里不过一个符号，但在爱着的人心里，字字千钧，是不到万不得已，不愿吐出的一种战栗。

我明天就不喜欢你了，我每天都这样想。

你是

治愈我近视的良药，

因为无论多远，我都会看见你。

我喜欢你，这是我自己的事，与你无关。因为能够称得上爱情的，很多时候，它是一种不能表达的情感，翻涌的激情在胸中澎湃，只能任浪潮汹涌，而后待它静静消退。万千的话语在口中即将喷涌而出，只能嚼碎了咽进肚子里，让一切消逝于无痕。

删去成行的字，最后打了个“嗯”发给你，因为不是所有的情绪都要告诉你。比如我的不开心，比如我喜欢你。若是有风经过，不要告诉它我的心事，我的爱，并不需要你知晓。在心底偷偷喜欢着你的我，真像一只守着宝藏的巨龙，凶猛又天真，强大又孤独。

你说你喜欢雨，但是你在下雨的时候打伞；你说你喜欢太阳，但是你在阳光明媚的时候躲在阴凉的地方；你说你喜欢风，但是在刮风的时候你却关上窗户。这就是为什么，我会害怕你说你也喜欢我。

怕你被别人喜欢，也怕你喜欢上别人

我以为闭上眼睛，就可以不想你，可满世界晃动的，都是你熟悉的身影；我以为捂上耳朵，就可以远离你，可耳畔萦绕的，全是你缠绵的回音；我以为酒醉了，就可以忘记你，可我的心翻江倒海，只记得你一个人……我想停下追逐的脚步，可我无法欺骗自己，我唯有漫步在你的情感里，才能幸福地呼吸。

爱着的时候，就整天鬼迷心窍地琢磨着你。你偶然有句话，就想着你为什么要这么说？你在说给谁听？有什么用？你偶然的一个眼神掠过，我都会颤抖、欢喜、忧伤、沮丧。怕你看不见我，又怕你看到我。更怕你似看似不看的余光，轻轻地扫过来，又飘飘地带过去，仿佛全然不知，又仿佛无所不晓。

明明是你偷走了我的心，但是每次目光相接的时候，先逃开的总是我，好像我才是那个小偷。擦身而过时，假装跟身边的人谈笑风生，心情却随着余光里的你走。怕你知道，又怕你不知道，最怕你知道，却装作不知道。

在那个晴朗的夏日，那个有着许多白云的午后，你青青的衣裾在风里飘摇，又像一条温柔的水草倒映在我心中。而我像是一条清澈的河流，带着甜蜜和期待，静静地将你环绕。我看过你，青春洋溢、笑着奔跑的样子；我看过你，羞涩浅笑、抿嘴说话的样子；我看过你，泪流满面、默默哭泣的样子。我

你永远

无法与我擦肩而过，

因为我藏在你听过的每一首情歌里。

Moment

Idea

Event

Whisper

你的手，是我不能触及的倾城温暖；
我的心，是你不曾知晓的兵荒马乱。

Idea

看过你的很多样子，只是可惜，那些在我看来你最美好的样子，都不是因为我。

总有一个身影，徘徊在我的梦里梦外，若隐若现，一遍复一遍；总有一种思念，流连在窗里窗外，若有若无，一天又一天。或喜或忧，与你相对的每分每秒，温馨而宁静，美好而心安。无人问津的渡口，总是开满野花，就像我喜欢你，却支支吾吾地说不出口。

我像是几米漫画里那个习惯在冬天围着一条红色围巾的女孩，走在热闹的人群里，却常常因为没有你，而倍感失落和忧郁。而你的笑容，像是春日的午后，阳光从梧桐叶间漏下的那种感觉，细细碎碎得让人可以嗅到草木的香甜。

有时候，明明导演了很多次的重逢，却一次也没有上演；明明攒够了表白的冲动，却会在见面的前一秒钟熄灭；有时候，明明想好了很多要说的话，却还是不敢拿起电话；有时候，明明写满了整屏的短信，却不敢发。在拨号、发送的时候，哆嗦的不只是手指、身体，还有心脏和青春。似乎，所有的勇气都将在这一次被消耗。

你知道我所有秘密，除了我喜欢你

因为觉得你不喜欢我，所以我也不承认自己喜欢你。当我沉默地面对着你，你又怎么知道我曾在心里对你说了多少话。当我一成不变地站在你面前，你又怎么知道我内心早已为你千回百转。我以友情的名义爱着你，美好又含悲伤，绝望又有希望。

我问你在哪里、在做什么，并不是想窥探你，而是想通过一次又一次的答案，拼凑还原出一个我并不了解的你的生活和世界。爱情是一个人加上另一个人，可是，一加一却不等于二，就像你加上我，也并不等于我们。

我喜欢你，但我不想告诉你，因为我怕惊动了爱情。我不想伤害你，所以我一直对你是小心翼翼的，像是碰落的花、融化的雪。因为只有你，是唯一一个我从一开始就只能够偷偷爱着的人。就算你知道了我喜欢你，也不要因为这个而变得冷漠，我们还是好朋友，好不好？

我们知道，友情比爱情长远。友情这种爱，可以名正言顺、无拘无束。这种爱，不求回报、心甘情愿。举着友情旗号的暗恋，就像是夏季的蔷薇，它要让所有爱过它的人痛彻心扉。但因为友情比爱情长久，所以，在所不惜。

喜欢

一个人根本是藏不住的，

就像日出日落、潮涨潮退是那么自然的事情。

哪怕你极力想要掩藏，

可你温柔的眼神早已昭告天下：你，喜欢他。

我所有的好运气，好像只够遇见你，不够让你喜欢我。这一步之遥，我既无法上前一步，陪伴你左右；也无法退后一步，重新找回朋友的支点，只能静静地看着你，默默地祝福你。

我想你了，可是我不能对你说，就像开满梨花的树上，永远不可能结出苹果；我想你了，可是我不能对你说，就像高挂天边的彩虹，永远无人能够触摸；我想你了，可是我不能对你说，就像火车的轨道，永远不会有轮船驶过；我想你了，可我真的不能对你说，怕只怕说了，对你也是一种折磨。

我用我灵魂所能达到的极限来爱你，就像在黑暗中感受生命的尽头和上帝的恩惠。我爱你，是日光和烛焰下最基本的需要。我无拘无束地爱着你，就像鸟儿青睐着天空；我无比纯洁地爱着你，就像诗人因为美好而陶醉。

你让我觉得，我们的关系不止这样，却又只能这样。

别说对不起，被爱的人不用道歉

我以为我会抱着一个秘密度过属于我的青春，就像所有在青春里不断成长的人一样，但愿在某天想起来的时候，会忍不住唏嘘。可是，当我决定把这个秘密说出来的时候，却发现这个秘密有一些短，短到只有一个人的名字的长度。

我会在你生日时准点送去祝福，我记得你爱吃什么忌口什么，我的输入法牢记你的名字，你身上只有我能闻见的味道，我听了你爱听的歌，看完了你看过的电影，我记得关于你的所有事情，就是老记不住你不喜欢我。

暗恋这种事好比耳机里的音乐声，即便对自己而言是包裹整个身躯的震耳欲聋，旁人却仅仅听得见一缕泄露的细小杂音。大概世事如书，而我偏爱你这一句，便甘愿做一个逗号，待在你的脚边。你有自己的朗读者，而我只是个摆渡人。

也许很多人都知道我喜欢你，可是我想，就连几乎无所不知的你，大概也不知道，我喜欢你到了什么程度。但是你千万别跟我说对不起，你没什么对不起我的。爱情是很诚实的，我爱你是事实，你不爱我也是事实。如果你假装爱我，那才是对不起我。

我想

把这世界最好的都给你，

却发现世界上最好的，是你。

Whisper

下辈子，可不可以换你，褪去一身骄傲，喜欢我到疯狂。

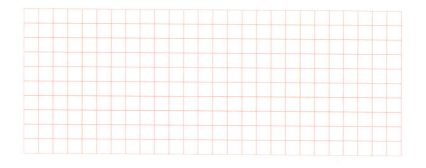

我喜欢你，与你无关，即使是夜晚无尽的思念，也只属于我自己，不会带到天明，也许它只能存在于黑暗；我喜欢你，与你无关，就算我此刻站在你的身边，也不想让你看见，就让它只隐藏在风的后面；我喜欢你，与你无关，思念熬不到天明，所以我选择睡去，在梦中再一次见到你；我喜欢你，与你无关，它只属于我的心，只要你能幸福，我的悲伤，你不需要管。

从未开口的，是我爱你；从未结尾的，是我爱你。我爱你是窃喜，是怀疑；我爱你是执笔，是标题；我爱你是失重，是太空里的漂流；我爱你是闪过的灯，是车窗外无心看的风景，是低头一恍叫不醒的南柯梦。

那个看起来跟你毫无瓜葛的人，在聊天窗口里写满了要对你说的话，可是却一直没按发送键；那个决绝果断拖你进黑名单的人，在别的地方悄悄关注着你的喜怒哀乐；那个你快要忘记他名字的人，在那么多个容易脆弱的夜里，忍住了一万次想要联系你的冲动，可是这些你都全然不知。不必觉得亏欠，以后谁在你身边，记得对谁好一点。

Part Three

最美不是下雨天，
而是与你躲雨的屋檐

如果你问我喜欢到底是什么感觉，

我就会告诉你：

“是相遇时的刻意躲闪，

是交流时的佯装轻松，

是离开时习惯性地再看一眼，

是期待快点再见面……”

我准备了很多话想跟你说，我携带着它们，穿越季节、掠过高架把它们铺在山与海之间。花朵盛开就是一句，黑夜漫过就是一篇。黄昏开始书写，黎明是无数的扉页。全世界拼成一首诗，“我爱你”当作最后一行。

你不住在我的血液里，但是你的呼吸，就是我的心跳。不管之前的喧嚣怎样爬过我们的伤口，只想在遇见你后的每一天里，被你喜欢着；在想你的每一天里，被你想着。只想你在听见我的名字时眉眼带笑，只想你在见到我时不管不顾地给我一个拥抱。

人生中最美的拥有，就是我要去有你的未来，不管要面对多少困难。如果那里没有你，我的未来毫无意义。不知道是对是错，我只想和你在一起，一起等太阳出来。没有水，你是我的水，没有粮食，我是你的粮食，我们自始至终相信同一个神，热爱同一个命运，因为，我爱上了你。

我不幻想奢华的婚礼，不祈求永不老去的容颜，也不期待刻骨铭心的旅行。我只要和你平静地走在满是落叶的街道上，拉拉手、贫贫嘴，让无数个小事构造出属于我们两个人的世界，争吵或拥抱，哭泣或微笑，冷战或嬉闹。所有的一切都是两个人一起创造出来的，而且它们将使我们无法分开。

欢迎

你在我正当好的年龄，
乘风破浪地及时深入我心。

Moment

Idea

Event

Idea

Whisper

手上不小心沾了胶水，
除了想洗掉，还想，去拉你的手。

我把我的心意交给你，但我不会束缚你，我在你身边，但你是自由的。你有你的词不达意，我有我的心领神会。或许有太多的情绪无法解释，恰好彼此都能懂。爱得随心、爱得自在，一切都不偏不倚，刚刚好。

爱一个人，就是在清晨醒来的一刹那，努力搜寻昨夜梦见他的情景，于是便有了一个阳光灿烂的早晨；爱一个人，就是在每一个想念的夜里写上一大堆的情话，却不知道寄往哪里；爱一个人，就是明知道有那么多的不可能，却还要走下去，因为心中还有对爱情的期望；爱一个人，就是珍藏着与他有关的小玩意儿，即便是一首歌，一个礼物。真正的爱难免这样笨拙，不计前因、不顾后果。

这花花世界，要说有哪里不同，大概就在于情谁与共，大概就在于相看两不厌，即使吵架、即使委屈，但想想那是你，便也是心甘情愿的。就像风吹起你的头发，像一张棕色的小网，撒满我的面颊，可我一生也不想挣脱。

最美不是下雨天，而是与你躲雨的屋檐

我们是两个淋透了雨的人，都没有伞，慌慌张张地躲进了同一个屋檐。碰巧发现彼此有同样的目的地，于是有勇气并肩一起，散步淋雨。那一路多开心，因为舍不得再见，所以宁愿人间的风雨别停，天别晴。

美好的事，是你突如其来的拥抱，和人潮拥挤中你自然而然拉紧我的手。如果，晴天是快乐的理由，你就是我的晴天；如果，阴霾是羞涩的表情，也只因你的存在而值得留恋。我想和你在一起，制造比夏天还要温暖的事。

如果有花飘过，我会把花心留给你；如果有风吹过，我会把树叶留给你；如果有岁月潮涌过，我会把欢乐留给你。独处时仰望天空，你是天上的那片云；寂寞时凝望夜空，你是最亮的那颗星；跟你漫步林中，看到的那片树叶很美；疲惫时安然入睡，你是最近最好的那段梦境。

这世上最大的冒险，就是爱上一个人。爱像一场感冒，让人欲罢不能、不由自主，爱既酸楚又甜蜜。你为了他，放弃如上帝般自由的心灵，从此心甘情愿有了羁绊。你永远也不知道，自己全身心的投入，最终会换来什么，但又忍不住想投身其中。其实我们真正需要的并不是输赢，而是一个能令我们心甘情愿去爱的人。

你是我想和全世界炫耀，
又舍不得与任何人分享的人。

风吹来

都是你的气息，

光照过来都是你的身影，

让我怎么能不喜欢你。

因为有了你，我便不再需要海誓山盟，不再需要风花雪月的浪漫，想要的仅仅是你温暖的陪伴。有你能让我随时随地想念，也不用时刻挂在嘴边，只需要在失眠的夜里，闭上眼，眼前浮现出你的笑脸。

我想去见你，趁阳光正好，趁微风不燥，趁繁花还未开至荼蘼，趁现在还年轻，还可以走很长很长的路，还能诉说很深很深的思念，趁世界还不那么拥挤，趁飞机还没有起飞，趁现在自己的双手还能拥抱你，趁我们还有呼吸。

在世界中拥有再多，也不如在你心中拥有一席之位来得快乐。对我而言，幸福的价值，就是你肯一直为我在心里留着位置。未来很遥远，我愿陪你颠沛流离，和你一起守望成熟的气息，一起站在星空下，共同仰望单薄的年华。

有些事是不可以开玩笑的，比如喜欢你这件事

我把你装在心里，在那个草长莺飞的季节里，你修长的手指，专注的目光，紧抿的薄唇，脸颊的轮廓，这些都是我喜欢的。那时候，我的梦是甜的，微笑是灿烂的，我的心一天天接近满满的膨胀，它再也不是往日的枯井，布满无人顾及的青苔与乱草。

在心中放着你，左心房的位置不再空洞无力，面对未来的困难，突然有了动力；在心中藏着你，沿途的风景再美，我还是会一路而下，因为在彼岸还有属于自己心中最美的那一抹风景。等着在彼此的年华里，描绘青春的花纹，等着在流年的路口，拾起满地的幸运。

最美好的事，就是耳机音量刚好能盖过外界噪声，闹钟响起时我刚好自然醒，下雨天我刚好带了伞，感到饿时刚好可以下班吃饭，觉得疲倦时刚好身边有个肩膀，想给你发短信刚好你打电话给我，喜欢上你的时候，刚好发现你也喜欢着我。

对的人，不用我强撑着睡意和他聊天到深夜，还不敢告诉他我很困很累，而是，我随时和他说我很累的时候，他便宠溺着让我去睡觉休息。因为我永远也不必担心，我们过了今晚就会没有明天。

两小无猜是个有趣的词，比喻男孩和女孩的亲密无间。但我总觉得亲密无间不足以解释这份关系，应

我能

想到最美好的事，
莫过于我喜欢你的时候，
你也恰好喜欢我。

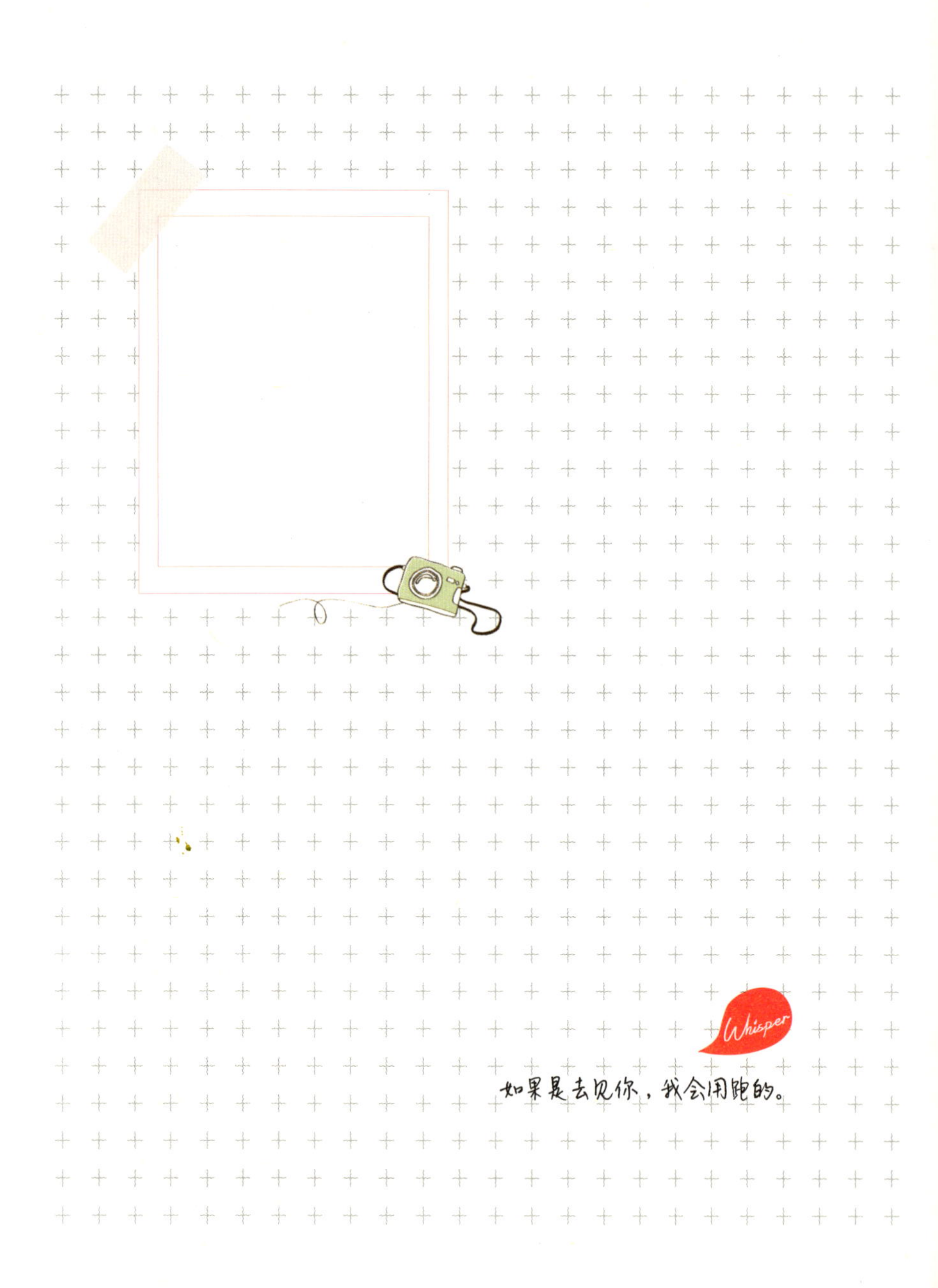
Whisper
如果是去见你，我会用跑的。

该是俩人对亲密与否毫不知情，像一对停落在树梢上的小黄鹂，并不知道自己胡闹般的叽叽喳喳，在世人眼中却是一幅尚好的美景。

曾经有人和我说，如果你爱上了一个对的人，就会觉得他为你打开了一扇门，你会看到之前没有见过的另一个奇妙的世界。最好，彼此毫不费力地爱上，不辛苦追求、不刻意讨好。要费尽心机去经营才能留得住的爱，本身已是漏洞百出。我那么爱你，是不会舍得让你爱得那么费力的。

爱情是真真切切得能够用手触摸、用心体会，是你明明嘴里说我穿得十分土气，却大方地带我出入于各种场合；是我明知道你不是完美的人，却还坚持要把你带回家见父母。你不是最好的，但我只爱你。我想，这便是爱情的全部意义。

有的人说不出哪里好，就是谁都代替不了

在这个世界，茫茫人海，你一定要知道，你之于我，是这个世界上的独一无二。你的一颦一笑都被深深地刻在我心里，你说过甚至你自己都忘记的话，我却记得。我热烈极了，不可思议地尾随其左右，愿意随其至天涯。那样忘我的喜欢，也许是某一个动作，也许是某一种感觉，原谅我，就是说不出缘由。

他的缺点多不多？像星星一样多。那优点呢？像太阳一样少。那你为什么会选择他，因为太阳一出来星星就消失了啊。就算明知道他不够好，甚至一次又一次伤了你的心，让你失望，让你恨他，但只要他冲你招招手，你便会不顾一切，头也不回地奔到他身边去，那是你唯一的念头。

让人感动的爱情，不是天生一对的幸福，而是你明明喜欢高挑的女孩，却偏偏对微胖的我动了心；我曾经红着脸颊给打篮球的学长递矿泉水，如今却陪着不爱运动的你在图书馆里解讨厌的数学题。明明我们没有长成彼此爱的样子,却觉得找到了一直想要的那个人。

爱一个人，没有任何理由，只是我恰巧遇到了，就喜欢了。喜欢你，不是因为你仪表潇洒，不是因为你才气逼人，也不是因为你腰缠万贯，更不是因为你手中权势显赫，至于为什么喜欢，我无法给自己一个满意的答案。但是，我知道，我就是喜欢你，甚至与全世界为敌，我都会选择义无反顾地和你站在一起。

我说不出为什么会喜欢你，

但我知道，你就是我不喜欢别人的理由。

头脑

可以接受劝告，但心却不能，

而爱，

因为没学地理，所以不识边界。

我不知道为什么会爱你，就像我无法描述空气是什么味道一样，但我知道我需要你，就像我需要空气一样。与你一起的日子，连光阴都变得美妙了。我说我愿流离一生追随你到天涯海角，你说风尘过往许我一世温柔，一缕缕温暖渗入彼此灵魂深处，一丝丝爱恋在时光里荡漾。

喜欢就是喜欢，是会想起你的时候打个电话告诉你，是想给你所有的温柔陪伴，不是十天不联系你赌谁先会联系谁，我想跳过那些唧唧歪歪的东西，想朝着你走过去，与你分享我的一点点因为思念你而产生的孤单拧巴和寂寞哀愁。

从世俗的眼光看来，也许你不是那么标准。然而，在乍然相逢的一刻，你翩翩的身影却在我的眼里开出了翻腾的花。世间的标准都可以抛弃。喜欢你，便给了你凌驾一切的权利。

我的愿望，是希望你的愿望里也有我

我爱这世界上的三件事，太阳、月亮和你。太阳是早晨，月亮是夜晚，你是永远。而我想要的不多，一杯清水、一片面包、一句我爱你，如果奢侈一点，我希望：水是你亲手倒的，面包是你亲手切的，我爱你是你亲口对我说的。

被很多人喜欢很重要吗？大概只有被喜欢的人喜欢，才会觉得幸福吧。如果自己喜欢的人不喜欢自己，那么就算得到全世界的爱，也还是会觉得孤独。能治愈我孤独的人，只有你。因为好像除了你，我已经没有办法喜欢其他人了。

我想当你的猫咪，黏在你的枕边，每天清晨陪你感受第一缕阳光，夜晚在灯光熄灭前趴在你的胸口入梦。想你的时候，我就会喵喵叫，你会把小鱼喂到我嘴边，会拍拍我的脑袋让我乖。你不会厌烦我，我也不会离开。

爱一个人，是我明明知道你的不好，却丝毫不会在意；明明知道比你好的还有很多，却只会倾心于你。我想和你用一个频率呼吸、用一个节奏心跳；我想偷走你所有的痛苦；我想用自己的欢喜驱赶你的寂寞，用自己的心意温暖你的孤独。因为你开不开心，对我来说很重要。

据说

那些你一笑就跟着你笑的人，

不是傻子，就是爱你的人。

Whisper

你瘦的时候不小心住进了我心里，现在长胖了，
卡在里面出不来了，我也习惯了。

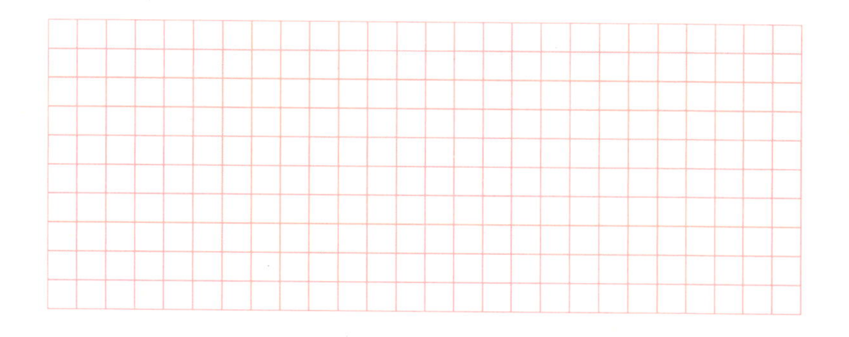

写日记的时候，我的思绪像蚕丝一样绕着你，我笔下多写一个字，我口里就低呼一声我的爱，我的心就为你多跳了一下。你从前给我写信的时候，也一定是同样的情形吧，想到这里，我的心里又多一点欢喜，又多添几分安慰。

爱情不过就是遇到了一个你愿为之做傻事的人。那么，该爱的时候就不要放过机会，当你遇到那个彩虹般绚丽的人，就请对他说："亲爱的，从今天起，我申请加入你的人生。虽然爱情会让人变笨，但我不介意更笨一点。"

如果能够不爱你，我就没有相思的苦，没有守望的累。天不会因为你而显得阴郁，心不会因为你而寂寞。纵使不爱你有多么好，我还是毅然决然地爱着你，无法自拔地爱着你。因为没有你，世界再好又有什么意义？

无论我多么平凡，总觉得我对你的爱很美

我是一株能分到你万分之一的爱意就能养活的植物。你就好像天上的太阳，虽然够不到，但是只要靠近一点点，都会觉得很温暖。无论我遇见你时，你是最美的样子，还是最丑的样子，我始终相信，你若会爱上我，终是会爱上我，即使我美得那么微不足道。

我不一定十全十美，但我会去读懂你，走进你的心灵深处，看懂你心里的一切。我会一直在你身边，默默地守护你，不让你受一点点的委屈。或许，我还不能够说许多甜言蜜语爱你的话，但是我保证，我一定会做许多爱你的事。

希望迷路的时候，前方有车可以让我跟随；冷的时候，有带电热毯的被窝；拉肚子的时候，就离家不远；困的时候，有大段的时间可以睡觉；不知道说什么的时候，你会温柔地看着我，笑我词穷；不可爱的时候，会适可而止；寂寞的时候，知道你在爱我。

你是那个大雨中为我撑伞的人，是那个帮我挡住外来之物的人，是那个黑暗中默默抱紧我的人，是那个逗我笑的人，是那个陪我彻夜聊天的人，是那个坐车穿过几座城市来看望我的人，是那个将哭泣的我搂在怀里的人，这样的你，让我怎么能不喜欢呢？

你的

一个眼神，

便足以让心海掠过一阵飓风。

想用一辈子的桃花运，来换你的一颗真心。

如果我这一生只可以有 999 次好运，我愿意把 997 次都分给你，只留两次给我自己：一次用来遇见你，另一次是永远陪你走下去。

我也曾把心动、迷恋或倾慕误认为爱情，但是因为你的出现，我才发现心动跟真正的爱情根本无法相比。心动的光芒最多只是颗钻石的光芒，让我惊叹它的华丽，恨不得立刻拥有；但真爱的光芒就像阳光，久了也许会让人觉得稀松平常，但这种光芒能温暖我，照耀我，一旦失去你，我的整个世界都黑暗了。

和你在一起，各种话题永远说不完；重复的语言，也不觉得厌倦。陪伴，是两情相悦的一种习惯；懂得，是两心互通的一种眷恋。总是觉得相聚的时光太短，原来，走得最快的不是时间，而是和你在一起时的快乐。

世界上最短的咒语，大概就是一个人的名字

如果我原谅了你，不是因为我听了你的解释，而是我仍然爱你，被你急于解释的样子感动了。动了真感情的人都会喜怒无常，因为付出太多难免患得患失。所以我需要一个保鲜盒，把你给我的那些感动都装起来。当有一天我们吵架的时候，我就拿出来回味一下。

爱一个人有很多不同的方法，有的是用嘴巴说出来，一次次地重复说我爱你。有的是用态度来撒娇发脾气折腾，还有一种是怎么都不愿意说我爱你，但就是关心你、照顾你、保护你。相爱的方法有千万种，但最好的方法只有一种，那就是对你好，并且只对你好。

只要你一换语气和我说话，我就觉得世界都塌了。喜欢这东西很奇怪，没有颜色、没有形状，却能让大大咧咧的人变得小心翼翼，又让无所畏惧的人开始战战兢兢。世界上只有你，使我牵肠挂肚，像有一根看不见的线，一头牢牢系在我的心尖上，一头攥在你手中。

世界真的很小，好像一转身，就不知道会遇见谁。世界真的很大，好像一转身，就不知道谁会消失。爱情有时是一种习惯，我习惯生活中有你，你习惯生活中有我。一旦失去了，就仿佛失去了所有。不管我去哪里，我只想和你在一起。

现在，

就想朝你飞奔而去，

在离你最近的地方，

故意摔一跤，啃一嘴泥，

抬头微笑说：“我喜欢你。”

我的零食分你一半，你就一直在我身边好不好，再不行，零食都归你，你归我。

我希望有个如你一般的人。如这山间清晨一般明亮、清爽的人，如奔赴古城道路上阳光一般的人，温暖而不炙热，覆盖我所有肌肤。由起点到夜晚，由山野到书房，一切问题的答案都很简单。我希望有个如你一般的人，贯彻未来，数遍生命的公路牌。

和我牵手吧，当我平和安静地待在你微颤的手心里；和我接吻吧，当我的嘴唇不化妆也很美丽；和我拥抱吧，当我迷恋你只有肥皂香气的白衬衣；和我跳舞吧，当我还不会穿高跟鞋，索性光着脚把自己放在你的脚上；和我厮守吧，因为一辈子很短暂，好像只够好好爱你一个人。

我们爱一个人，就是交给这个与我们对峙的世界一个人质。我爱你，就是将我自己交给你，把我自己当成人质交给你，从此，你有伤害我的权利，你有抛弃我的权利，你有冷落我的权利。别的人没有。这个权利，是我亲手给你的。千辛万苦，甘受不辞。

Part Four

我想知道你的心事，
或者成为你的心事

我想和你见面，地点你选。

森林、沙漠、世界尽头的星空，

草原、海边、清晨大雾的胡同，

就是别约在梦中。

想念一个人的感觉，就好像他坐在你心上荡秋千

柔风轻拂着月夜，一页泛黄的书笺笔写着你的温柔，在我的心头溅起涟漪。对你的思念成了我心湖弯里一艘摆渡的小船，那弯弯的船舱装满了我晶莹的情感，真切的、温柔的、细腻的，向你驻足的方向游渡。

我相信，爱的本质一如生命的单纯与温柔；我相信，所有的光与影的反射和相投；我相信，满树的花朵，只源于冰雪中的一粒种子；我相信，三百篇诗，反复述说着的，不过是没能说出的想念；我相信，你是绵延的山丘，起伏我的每一寸心脉。

想念一个人的时候，心里潮潮的、湿湿的，饱满得像涨了水的河。可有时又空落落的，像河床上摊晒出来的光光的石头。有时心里软软的、润润的，像趁着雨水长起来的柳梢。有时又闷闷的、燥燥的，像燃了又燃不烈的柴火。千回百转的心思，嘴里不说、眼里不显，可是每一根头发，每一个汗毛孔，却无时无刻不在诉说着，喋喋不休。

爱的时候，我们会找不到自己、看不清对方。方寸是乱的，心旌是动的，神智是昏的，魂魄是醉的。爱到这个份上，你是那么梦幻、那么迷离、那么美，你就是心中一千次一万次设想过的那个公主或王子，每次都犹如童话般盛装莅临。

你是我

治愈心疾的良药，

连梦见你，都能让我微笑。

我总是在与你无关的事情里，
转几个弯想到你。

我觉得这个世界美好无比。晴时满树花开，雨天一湖涟漪，阳光席卷城市，微风穿越指间。入夜，每个电台播放的情歌，沿途每条山路铺开的影子，全部是你不经意间写的一字一句，让我一遍又一遍地朗读。

我没有很想你，只是在高兴的时候会想起你，你是我第一个想要分享的人；我没有很想你，只是在不高兴的时候会想起你，你是我第一个想要倾诉的人。喜欢静静地想你，捧着一本厚厚的小说，在字里行间寻找你的影子。你的身影很模糊，你的脸庞很朦胧，但这并不影响我想你的情绪。

一首歌曲，会想到你；一个句子，会想到你；一部电影，会想到你；一个背影；会想到你。天空的飞鸟，会想到你；水中的云影，会想到你；雨中的花瓣，会想到你……我总是在与你无关的事情里，转几个弯想到你。

想起我的时候，你会不会像我一样不能睡

想念你的时刻，我会把心窗打开，让整个春天的诗意走进来，我好在那爬满蔷薇的藤架下，将你的每一个眼神、每一个动作，谱进彩色的音符，让那朦胧的情愫在琴弦上跳动。那时，你会如一只美丽的蝴蝶，藏在我的乐章里抖动起思念的翅膀，让我深情地思念。

幸福就好像天空中点点繁星，思念如同把一个爱字，镶嵌在最美丽的诗里。当华灯初上，夜色阑珊，如水的月色里，抖落了一地相思的花瓣。听说，如果你梦到了一个人，是因为那个人正在想你。那么，可不可以允许我，跌进你的梦里。

你会不会在看到漫天星空的时候，寻找哪一颗是有我的星球，会不会像我一样，想着是不是当我在想你的时候，你也恰巧在想念我。我能够在很多人中第一眼就找到你，能够在嘈杂的人群中听出你的声音，你的头发和夕阳的颜色一样温暖明丽。你变得和所有人都不一样，因为我们之间有了和其他人所不一样的联系。

喜欢你的心情，是不经意埋下的一颗种子，在某天突然发现那颗种子悄然生长，抬头一看，是一树的繁华。少女的美丽情怀，总比夕阳无限美。羞涩如含苞待放，日复一日，总会见鲜花如阳娇艳。你可知晓，我如山弯折的小心思。我的腼腆可入得了你的眼，你可有心思要对我好，你可有心思要陪我走青春的路。

想找你

又忍住的次数和星星一样数不清，

但是星星白天会消失，

想找你的念头，不分昼夜。

Whisper

我在每天醒来的第一个意念里要默念一声你的名字，因为我好像在梦里无数次梦见了你。

思念在见不到对方的日子里疯长，把人给折磨透了，直到见了面，症状才有所舒缓。见一次面，即使只是瞥上一眼，也够好几天的念想了。心底那百转千回的心思啊，也只有自己知道。

当我还不懂得爱的时候，我并不孤单，甚至不懂得寂寞为何物。当你出现以后，一切都改变了。你给了我太多的好，让我中了毒了，思念你成了我每天早起和晚睡前必备的功课，于是寂寞成了陪伴我的弯月，孤单成了我的最美裙衫。

相互喜欢的人会在彼此身上安几个神奇的开关。捏捏脸会笑，摸摸下巴会笑，碰碰肩膀会笑，就连听见对方的名字，都会笑。

我每天只想你一次，却持续了二十四小时

我应该讨厌你，讨厌那个让我心烦意乱的你。可是，不管我念与不念你，你都沉淀在我眼里；不管我想与不想你，你都落入我脑海里；不管我喜欢你还是讨厌你，你都深深地住在我心底……如一条湍急的河流在我的心里波涛汹涌，而我，却无法躲藏。

想你，可以在时空里的任何一个交点，它们围绕着你，描绘出你可爱的模样。你在我脑海里深深存在着，虽然你给过我的画面屈指可数，我却如数家珍。在每一次想你的时候，我都小心翼翼地把它捧在手心，仔细翻看，不管多少遍，都不会觉得厌烦，那些绿了满树的叶子，又黄了满地的叶子，都在窃窃地笑我的痴呢！

没有星星和月亮的夜晚，我在漆黑中屏息聆听心中的吟诵。思念不总是幸福的，也有伤感和忧郁的时候。思念越深，惦记越沉，牵挂越厚。一天二十四个小时，一千四百四十四分钟，分分秒秒思念在心头。说我痴，说我傻也不为过。哪怕只有你一个娇嗔的微笑，我也感到幸福。

似乎也只有你的存在，我才能深刻地感觉到，那些思念如同生长的藤蔓，在我的心里扎根盘旋，郁郁而生成整个青春的葱绿。那时候我才明白，原来所谓爱情，就是这样折磨人的东西，就算我们在爱情里疲惫不堪，比起彼此相拥的那些分秒，一切的付出都

多少个日子，我无时无刻不牵挂你；

多少页日记，一笔一画都是关于你。

睡眠

睡眠的拼音是“shui mian”，

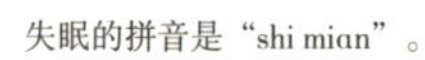

失眠的拼音是“shi mian”。

睡不着只因为少了“u”。

显得微不足道。

当一个人遭遇爱情的时候，是一生中最浪漫的季节。关心和牵挂充斥着每一分、每一秒，陪你闹、陪你笑、陪你一起烦恼。

我一直想要和你一起，走上那条美丽的小路。有柔风、有白云、有你在我身旁，倾听我快乐和感激的心。看你的时候你在我的眼里，想你的时候你在我的脑里；喜欢你，你出现在我梦里；爱你，你就住在我心里。最甜的不是糖，是你的笑。

如果硬要说我有多爱你，我只能说，想你的时候，我甚至可以忘了呼吸。自己一个人的时候，你更是成为了思想的主角，这样的你，让我羡慕。

多希望自己变成天气，
这样就
可以成为你的话题

你夸我很会聊天，其实你不知道，我是个嘴笨的人，每次跟你说话的时候，我都动用了脑子里所有语文知识。所以，这个世界哪有那么多的一见如故、无话不谈？你说的话题我都感兴趣，你说的风景我也觉得很美丽，你让我看的电影我也觉得好精彩，这一切只不过是因为我喜欢你。

在我漆黑的世界里，你泛着温柔的光。有时，我很怕自由和时间把你带走，但我愿意相信，每一刻我都在你心头，就像你在我心头一样。从遇见你开始，我便如获至宝，所有的东西与你相比都黯然无光。

我们都有过那种把喜欢一个人，看作和吃饭、念书、走路一样重要的日子。那时的我们，浑身充满了莫名其妙的动力，想要探究关于他的世界，听他爱的音乐，走他走过的路，他的声音和冷幽默相得益彰，他的沉默寡言映衬着内心的千山万水，他操场上模糊不清的身影有着别样的美感。那时的我们，相信这世界的美好唯他而已，心里满溢的是欢喜。

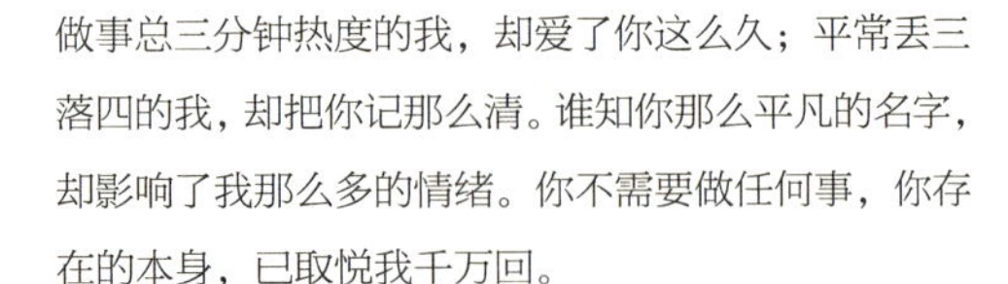

做事总三分钟热度的我，却爱了你这么久；平常丢三落四的我，却把你记那么清。谁知你那么平凡的名字，却影响了我那么多的情绪。你不需要做任何事，你存在的本身，已取悦我千万回。

大概

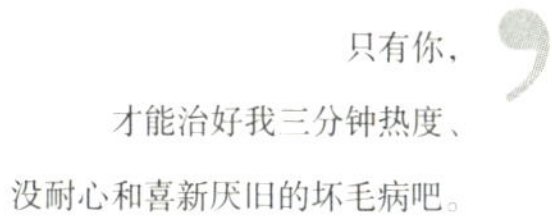

只有你，

才能治好我三分钟热度、

没耐心和喜新厌旧的坏毛病吧。

你是我写好的诗，
不许别人改一个字。

我们总在最不懂爱情的年代，遇见最美好的爱情。如果我是你的一颗泪珠，我会落到你的唇间，常驻你的心里；如果你是我的一颗泪珠，我一辈子也不会哭，因为我怕失去你。

对你，我没有掷地有声的诺言，我只是满满的欢喜，在点点滴滴的眷恋里，把你安放在心上。与你溺在这时光里，彼此默默陪伴着。一万个美好的未来，也抵不上一个温暖的现在。流年，请许你我安然无恙，情真意长。

但凡你能控制住的，就不是相爱，而是需要了。相爱就是明知不能要，却偏偏忍不住。是总想要离开，却偏偏走不掉。是明明在孤独，却依旧很想念。这看起来很无奈，但实际上，就算因为爱而备受煎熬折磨，也会在拥有那一瞬甜蜜的时刻，弥补了所有。

我想知道你的心事，或者成为你的心事

我喜欢这样想你，想你的名字、想你的身影、想你的笑声，想与你相拥在雨中漫步，想与你在幽幽月光下携手相依，然后一起慢慢老去。让自己的心有了柔柔的疼痛和幸福的甜蜜。想在这宁静的夜空里呼唤你。尽管我知道，漆黑的夜无法将我的心声传得很远。但我总觉得，无论多远，你一定能够听到。

我想要的，是你做的事情就算不浪漫我也会感动；我想要的，是有你在身边就安心的每一个瞬间；我想要的，是即使素面朝天，也可以在你身边笑得很甜蜜。不管我们要去哪儿，不管前面是什么地方，也不管我们去干什么，这些都不重要。重要的是，和你在一起。

遇到喜欢的食物，可以吃到撑；遇到喜欢的电影可以彻夜看到眼睛酸痛。可即使是这样，下次见到喜欢的食物和好看的电影，还是不能自控，就像我喜欢你，没有节制地喜欢了一次之后，也还是想要再冲动一次。

常常在不经意间，会去想你对我说的话，哪怕是最平凡不过的言语，对我而言，也是最深情的情话。因为那是从你心底流淌出来的声音，所以我才如此稀罕。你的一颦一笑、一言一语，都牵动着我的神经，那种敏感的程度只可用心感知，无法用言语来描述。

原谅

我没有讨好你的天分，

但我比谁都认真。

Whisper
我的心事，蒸发成云，再下成雨，
却舍不得淋湿你。

你在我开放的路口，停住了脚步，花开烂漫，你单单注意到了我这一朵，这分明是上天的眷顾。那似一滴一滴的晨露，便是我一滴一滴的感动。在最美好的岁月，遇见一个让自己倾心的人，青涩的光阴因为你而变得有意义。你的过去我无从知晓，你的未来我无法预料。那么，能不能请你，许我一个现在的拥抱。

从我拿起笔，准备叙述你的细节开始，总是忍不住走神，真抱歉，情话没写出来，可我实实在在地想了你一个小时。思念这东西真是奇怪，来得那么铺天盖地。

始终相信，遇见是上天的恩赐，也许，我就是为寻你而来。想象着，在落满枫红的小径上，与你十指相扣，不求地老天荒，只求莫失莫忘；想象着，在这个冬季，你的柔情微笑会如雪花般开满我洁白的手臂，沿思念的脉络疯长，我会深情地握住这份幸福，用你的名字取暖。

每一分每一秒，
都恨不得想知道
你在做什么

情不知所起，却一往而深。怎么能忘呢？那一日，你眉眼清亮如水，声音清澈温暖，那一日的阳光也是这般温暖缠绵、丝丝绕绕、缠绵成扣。你就在我的心里生了根、发了芽，渐渐枝繁叶茂，再不能忘怀。

天气很好，风也柔和。我突然想穿过几个城市去看你。见不到你的时候总会想，见到你的时候，要把那些想对你说的思念都说出来。想在见面的时候，看到你叫着我名字时眉眼带笑；想在见面的时候，不管不顾地给你个拥抱，可是，见到你后，我却只想静静地看着你。

如果你现在出现在我面前，我想我会一动不动，安然自若地对你微笑，表情憨厚无辜。就是这样装作不放在心上，是我少数充满自信的看家本领之一。那时候，正午的太阳一定在我背后温暖地照耀着，然后我会顺着阳光的方向，走向你，将你紧紧地抱住，好像要抱住整个夏天的气息。

爱的滋味从来难以说清，水是淡的，心却是甜的；天是阴的，心却是明媚的。风是温情的手，摆弄云的妩媚，轻轻的一个揉捏，云就呈现出你的模样，只简简单单的一些细碎，就敲出了爱的乐章。爱原来就是简单二字，简简单单，走入心的，才是最美。

如果

可以，念你的名字一百遍，

你就出现在我的面前好不好？

Moment

Idea

Event

Idea

Whisper

多想把你的声音变成被子，盖在我的身上。

你说出的每一句话，都是开在我心里的花。我把那些花怀抱在心里，直到有一天，我才知道，那束花不是百合，而是带刺的玫瑰。细细密密地刺伤着我，扔掉舍不得，留下却又伤心。

我想跨过天南海北去拥抱你，我想在落日的余晖里与你牵手前行，我想和你吃遍世间所有的美味。好的爱情是说不说我爱你，你都不会介意。因为平日里的每个眼神、每个微笑、每处关怀，都已经说过千万遍。若我情深意浓，你可不可以从此驻足不再漂泊。

明知道思念只会增添心中莫名的烦忧，却还是忍不住一遍又一遍、一次又一次地试图通过思念将你紧紧牵绊。我想，如果思念会有声音，你早已嫌我吵了。

我幻想你会找我，于是，我时常坐在上了年岁的大花皮树下等你，在夜深人静的时候偷偷地回忆我们在一起的片段，站在楼顶向着你所在的方向感触良多。若不是因为爱着你，怎么会夜深还没睡意，每个念头都关于你，我想你，想你。

我想要跟你在一起，如果可以贪心一点，最好歪歪头就能靠到你的肩膀，伸出手就能相互拥抱。在一起，是你高不高兴、健不健康，我都可以看到。

想看你笑，想和你闹，想拥你入我怀抱，因为你是我一生只会遇到一次的惊喜。我的一双眼睛追着你乱跑，我的一颗心早已经为你准备好。我想带你去看天荒地老，在阳光灿烂的日子里开怀大笑，在自由自在的空气里吵吵闹闹，在无忧无虑的时光里慢慢变老。我全部的心跳，都随着你跳动。

每遇到一处美景，每尝到一样美食，每听到一段笑话，就会想，要是你在就好了。所以你永远也看不到我最寂寞时候的样子，因为只有你不在我身边的时候，我才最寂寞。

想你有两种方式，眼里和心底；见你有两种方式，看你和抱你。一场又一场的大雨让这个城市变得陌生，一想到见你我就又是全新的了，于是乎我把下雨和见

那时，

的喜欢，

就像天刮风，云下雨，

没有理由、没有征兆地就来了。

Whisper

希望吹过我的风，还能绕几圈再去拥抱你。

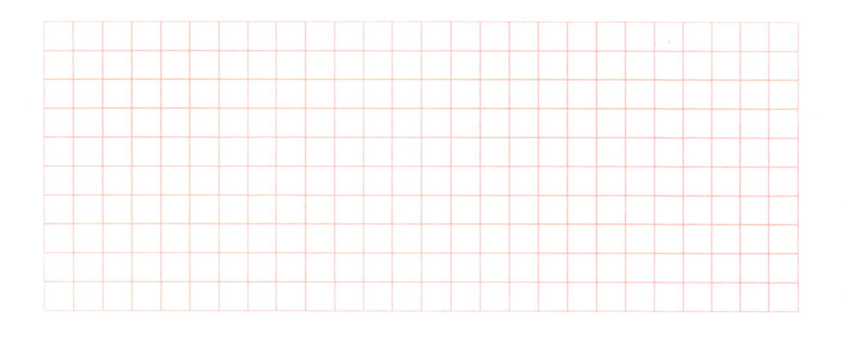

你叫作洗礼。世界上美好的东西不太多，却有夏季傍晚河岸吹来的风和冬季笑起来要人命的你。

当心里只有一个人了，这个世界上就会只剩下我们。上了心的人，才会在心上；动了情的情，才会用深情。我的心其实很小很小，装一份爱足够；时间其实很少很少，陪一个人就好。青春那么短，世界那么吵，我不想争吵、不想冷战，不愿和你有一秒的遗憾。

你种下一份相思在我心中，于是，我把思念刻上你的名字。从此，不管白天与黑夜，想你总是在不经意间，似乎永远不知疲倦。白天想你在心里，夜晚想你在梦里，你曼妙的身影，是我心中最深的依恋。

Part Five

如果世界对你不温柔，我愿做你的世界

我知道，

我不能给你全世界。

但是，

我的世界，全可以给你。

你不开心
就欺负我好了，
反正我那么喜欢你

我把我整个灵魂都给你，连同它的怪癖、耍小脾气，忽明忽暗，一千八百种坏毛病。它真讨厌，只有一点好，爱你。有时候，我也会担心，有一天你会突然发现，我没你想的那么好；有时候，我多想一不小心，就和你到永远。

亲爱的，和你在一起的时候，你总是问我在想什么，我笑着说“没什么”，因为我只是喜欢静静地坐在你的身边，你有一种让我犹如深呼吸后放松的魔力。尽管我们也会争吵，可是我总会原谅你，或者让你原谅我，我一直觉得我们就该在一起。我从来都没有想过要和你分开，即使是我们吵得最凶的那次。

一个人对你的好，并不是立刻就能看到的。因为汹涌而至的爱，来得快去得也快。而真正对你好的人，往往是细水长流。你可能会怪他没有付出真心，但在一天天过去的日子里，却能感觉到他对你无所不在的关心。好的感情，不是一下子就把你感动晕，而是细水长流地把你宠坏。

总有一个人会放下底线来纵容你，不是天生好脾气，只是怕失去，才宁愿把你越宠越坏，困在怀里。别人担心你会胖，他却担心你没吃饱。有一点牵挂却不纠缠，有一点想念却不会伤心。一个真正值得去爱的他，和一个真正懂得回爱的你，自然会让爱情变得简单而长久。

对你

最好的那个人，也就是最好欺负的人。

全天下的女孩，

都会欺负对她最好的那个男孩。

Moment

你在我身边，我连瓶盖都拧不开，
你在别人身边，信不信我把地球掀起来。

Idea

Event

Idea

一辈子，就做一次自己。这一次，我想给你全世界；这一次，遍体鳞伤也没关系；这一次，我想用尽所有的勇敢；这一次，我可以什么都不在乎。但只是这一次就够了。因为生命再也承受不起这么重的爱情。愿意为你丢弃自尊、放下矜持，不管值不值，不管爱得多卑微。

每次在被你气得感觉自己忍无可忍了，在去见你的路上，暗下决心要好好收拾你。可是，看见你的一瞬间，什么狠都要不出了，好像我们总是可以为爱的人忍无可忍，又从头再忍。

爱是会甜蜜、会生气、会瞎想的。当你开始有小情绪，有愤怒和郁闷，才是真正爱上了。他气你哭，但也会哄你笑；跟你抢，但终究会把好东西留给你；你独自出门，但会电话连连；很懒，也会勤快得让你无事可做；说着不在意，但老是第一个想到你；不常说“我爱你”，但比谁都清楚你无可替代。

我得过上百次的感冒，
你是我
经久不退的高烧

我爱你在二十二度的天气还会感冒，我爱你皱着眉头嘟着嘴佯装生气的样子，我爱整天和你待在一起然后在我衣服上还能闻到你的香味，我还爱你是我每晚睡前最后一个想说话的人。不是因为我孤单，而是当我意识到想要与你共度余生，我希望余生越快开始越好。

你知道，喜欢一个人的好处在哪儿吗？就是他对你的一切都像是礼物。连聊天的时候看到“对方正在输入”都觉得是暗藏的惊喜。不喜欢的人，再怎么喜欢你，哪怕聊了一万句，你也不会快乐；喜欢的人再怎么不喜欢你，只要聊一句话，你都会开心得睡不着。

我遇见你的那个冬天，你站在学校的天台，看天空、听歌、发呆。那时候的天空，并没有因为你的忧郁变得浅蓝，可是后来的天空，却是因为我喜欢上了你而变得深蓝，深邃如你看我的眼神。你的眼里，是一片汪洋大海，我沉溺在里面，没有游泳圈，也没有救生衣。而我，没有挣扎。

当感情真正发生的时候，才会发现，一直想要的东西，与条件无关，与优秀无关，只与自己的心有关。把心打开的时候，有一个人进来，我会发现自己心灵的缺失，很容易满足。若你是狱，我愿困于你心。

道理我都懂，但是能安慰
我的不是道理，而是你。

你是我

青春里的一场雨，

你来得酣畅淋漓，我淋得一病不起。

有些人和你在一起，会令你疑神疑鬼；有些人和你在一起，却让你神采飞扬；有些人和你在一起，会令你哭泣难过；有些人和你在一起，却让你越来越好。有没有爱对人，看自己的状态就好。越来越差的，不管有多爱都是错的。爱对人，他会让你如沐阳光。温暖，是爱情的真谛。

好想给你讲那些让你咯咯笑个不停的笑话，给你讲那些让你安稳入眠的故事，塞给你甜甜的糖果，让你留在我身边也不会觉得厌烦。无论在哪里、在做什么，心里总是会不由自主地想起你。听到一首歌时会想起，看到一个场景也会想起，幻想着一切与你有关的画面。我不清楚，这算不算爱得深，只知道它是情感的全部。

我觉得，爱是当别人指出你的缺点时，我没有急着为你辩解。而是说："对呀，我知道他有这些缺点，可我还是爱他。"

或许只是因为那天阳光很好，而你穿了一件我最爱的衬衫，而爱情，或许就是这样自然而然。爱你，是源于你最真实的样子，正是因为你的不完美，所以才要留在你的身边，给你幸福。无论时间如何将你我推远，我希望你依旧是那个真实的你，不欺骗、不遮掩，足以让我一眼望穿。

好的感情，不是每天都活在对方够不够在乎自己的担虑里。一段感情，不用为了变成对方想要的样子而只懂迁就，更别去计较谁付出得多或少，平淡相处。所以，我想一直做我自己，但愿你还能如当初一样喜欢我。

我不会错过一个爱我爱到骨子里的人，因为每个人的生命里，这样的人可能只有一个，而这个人大概也只可能这样去爱一次。我想让你看穿我坚强的背后，还有好强、逞强；我把所有的缺点都展示给你，依旧盼着你痴心不改；我要让你懂我全部的心思，一个微笑、一个眼神都是默契；我愿意走入你的心田，成为另一个你。

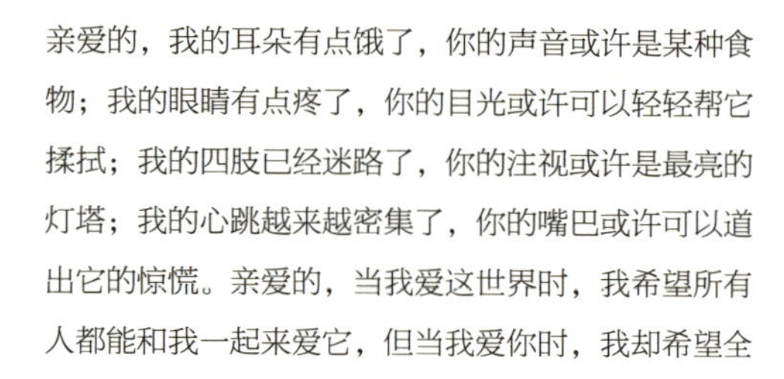

亲爱的，我的耳朵有点饿了，你的声音或许是某种食物；我的眼睛有点疼了，你的目光或许可以轻轻帮它揉拭；我的四肢已经迷路了，你的注视或许是最亮的灯塔；我的心跳越来越密集了，你的嘴巴或许可以道出它的惊慌。亲爱的，当我爱这世界时，我希望所有人都能和我一起来爱它，但当我爱你时，我却希望全

如果

你真心爱上一个人，你会发现，
自己再也骄傲不起来。

我喜欢春天的树，夏天的花，秋天的黄昏，
冬天的阳光和每一天的你。

世界只有我一个人在爱你。

你的眉与眼，满心都是我爱的模样，清宁温婉的模样，素雅浅笑的模样，红唇沾了雾水，双眸亮如星辰，低眉望着月的池，不小心吻了路过的风。我愿意用真心作针，以深情为线，在岁月的棉麻青衣上一针一缕，织补那些想要给你的花好月圆。

喜欢一个人，并不是因为她有多好看。她不是倾国倾城，但是却刚刚好能填满你的眼睛。夕阳残落，余晖映照的光影，映着她的侧脸，苹果红的甜蜜是属于初恋的颜色。你挥舞着双臂，站在寒风抚过的操场，侧耳倾听她的声音，宛若爱丽丝仙境飘出的袅袅音节，她像是那朵开在清幽山谷中，令人不敢亵渎的伊人花。

透明的雨衣放在院子里晒太阳，金黄色的光晕在雨衣身上画着地图。哪一条路线才是通往你心里的捷径，我不知道。人间四月，街口的桃花迎着春风笑开了怀。我闻见香气从街口传来，满满都是你的味道，你的影子在那里停留，我多想朝你走去。

只要跟你在一起，我什么都不怕

少年时候，你喜欢一个人，对方也喜欢你，是你能想到的最美好的事，那是一种单纯的喜欢，单纯得没有一点瑕疵。你斗志昂扬、无畏无惧，你逆着人潮走向他，就好像你们必须相爱，此时、现在，一刻也不能等。

我用我灵魂所能达到的极限来爱你，就像在黑暗中感受生命的尽头和上帝的恩惠。我爱你，是日光和烛焰下最基本的需要，我无拘无束地爱你，就像鸟儿青睐着天空；我无比纯洁地爱你，就像诗人因为美好而陶醉。

在爱情里，最难得的是，你对我敞开了心；在爱情里，最幸运的是，我住进了你的心，如此而已。我从来不知道我可以这么热衷于一件事情，这件事情叫作初恋；我从来不知道我可以这么喜欢一个人，这个人他叫你。

听说你在的城市下雪了，想知道夜深人静的时候，雪花落下是什么情景，叶子划过屋檐时唱了什么歌。想知道你拥着黑色围巾呵手的气息和你手里奶茶的温度。我眼前有孤独的老树，如你指节的分明，锁骨的清瘦。你喜欢，山川云海，林间的风，停留在故纸堆的风情。而我，喜欢你。

我行过

许多地方的桥，看过许多次数的云，

喝过许多种类的酒，

却只爱过一个正当最好年龄的人。

我愿意，颠覆整个世界，
只为了，摆正你的倒影。

当其他星星都换了方位，北极星依然会在原地，当别人不了解你、不原谅你，甚至离开你，我会给你闭上眼睛、捂起耳朵的信任。你别担心，只要我守在原地，你就不会迷路。

有时候想你陪我说话，哪怕只是一句毫无意义的言语，我也能感觉我正被你在乎着。有时候想你能懂我所有没有说出口的话，哪怕有一天我对你口不择言也不能把你赶走。

爱情跟梦想都是很奇妙的事情，不用听、不用说，也不用翻译，就能感受和触摸到。从最初的动心到坚定不移地在一起，似乎只是一个瞬间的转变。有人说，当你看一个人，怎么看都觉得他可爱，不管他做什么事，你都觉得很好笑，他只要自然地在你旁边，你就觉得很幸福，那就表明，你真的很喜欢他。

大概除了你，我便没什么软处了

你是我最爱的一份不张扬。安静的你，深藏美丽，越过所有誓言，是镶嵌在我内心深处最美的祈念。对你，我没有掷地有声的诺言，我只是在点点滴滴的眷恋里，把你安放在心上。千万种情绪涌上心头，觉得怎么爱你都不够，却又觉得抱住你就够了。

为你摘一片落叶，趁太阳还未赶来，悄悄送到你窗旁，不知你是否需要繁花陪衬。不知梦境是否有我的参与，希望你的嘴角依旧上扬。多想在你睁眼的那一瞬间，成为你眼里所看到的世界。美好、温和、静世安好。

荷尔蒙只负责一见倾心，柏拉图负责白头到老。你不是碰不到更好的，而是因为有那么一个人，我不想再碰到更好的；我不是不会对别人动心，而是因为有那么一个人，我就觉得没必要再对他人动心；我不是不会爱上别人，而是更加懂得珍惜那个人。即使他不是最好的，但却是我最珍惜的。

你在打球的时候，我便抱着你的衣服在篮球场边上等你。看着你的身影在奔跑、跳跃，那时候我们都很美好。每每看着你朝我走来，心里总能有一圈一圈地起伏，仿佛有人在我的心湖投下了石子，一个又一个的悸动，就是喜欢一个人的心情吧。

这个世界的美丽多半都大同小异，

就好比，我觉得好看的人都像你。

过完

形形色色的四季，

还是最爱有你的春夏秋冬。

当你心疼一个人的时候，爱，已经住进了你心里。爱是一种心疼，只有心疼才是发自内心的感受。温柔可以伪装，浪漫可以制造，美丽可以修饰，只有心疼才是最原始的情感。

爱情和什么都没有关系，爱情就是爱情，有的爱情自带房子，有的爱情自带车子，有的爱情一开始什么都不带，但我相信，只要和你在一起，将来都会有。我不需要多么完美的爱情，只想你永远不会放弃我。

有人把爱情比作一只鸟。在生命的长河里，总有那么一瞬，总会在某个地方，你会遇到它，那时候，这只鸟正蜷曲着一条腿，在阳光下轻轻梳理着自己的羽毛，那样子乖巧可爱极了；又或者，那时候这只鸟正展翅滑翔，张扬潇洒。只一眼，你的心灵顿时被它击中。从此，你为它笑、为它哭、为它心动、为它心痛。

我身边并不拥挤，你来了就是唯一

这一生总会爱上那么一个人，你可能并没有多好，我只是刚好就喜欢那几分好。你的一分关心让我放弃了十分的甜言蜜语，一分坦诚让我放弃了十分的信誓旦旦，再加一分在意便像让我得了全世界。这叫偏爱，因为偏爱，所以一意孤行，只因我灵魂缺失的一角，只有你能补全。

有一种感觉，是知道某个人轻易不会离开你。无论经历怎样的挫折与争执，绕一圈，还是走回来。真爱，只是给予彼此的一种“笃定”。

我们一起走过的马路，都清晰地记得“我爱你”这件事情；一起爬过的那些满是荆棘的山头，就好像是你我未来的路；一直走在你身后的我，看着你为我斩断荆棘，开出幸福道路；紧紧握着我的手的你，生怕在你身后的我受伤。这时候你永远不知道，我有多么幸福。

比起并肩、牵手、接吻，我想我最喜欢的，其实应该还是拥抱吧。当我用双臂紧紧把你箍在怀里时，没什么比那更能让人体会到什么叫作拥有了。

有个懂你的人，是最大的幸福。我不一定十全十美，但我会学着读懂你，走进你的心灵深处，能看懂你心里的一切。我会一直在你身边，默默守护你，不让你

想用尽

信笺，写尽自己所有想对你说的话，

腻到你心里的情话，

哪怕是抄的，但我的心是真的。

Whisper

我想住在你心里，没有邻居。

受一点点的委屈。真正爱你的人不会说许多爱你的话，却会做许多爱你的事。

遇见了你，也在你心中遇见了另一个美丽的自己。那些感动了我们心灵的时光，将永远停留在那清香的时刻。我会在内心为你留一席之地，这个位置不属于别人，将永远只属于你。世上果真没有无缘无故的喜欢，即使这样一种即时邂逅产生的片刻情感，原来也出自彼此骨子里某些相通相似的地方。

想和你在一个缀满星星的夜晚，并排躺在柔软的草地上，微风轻吟着爱的絮语，星星闪烁着浮动的情思，你我无需言语，有一种默契在温柔的地表间传递。一生里，如果有一次这样的爱过，就算爱如夏花，只开半夏，也无怨无悔。

全世界都在我脚下，
只有你在我心里

即使在千万人中行走， 我也能一眼认出是你。 因为别人都是踩着地走路， 而你是踩着我的心在走。因为爱你，即便要背离我曾经的世界，即便会伤痕累累，即便是飞蛾扑火，我也在所不惜。因为有你，我才开始拥有了世界。

我觉得这世界有很多美好的东西，比如夏天的冰镇西瓜，朋友带来的外卖，购物车里的白巧克力，货架上各种口味的果冻。可是，这些跟你比起来都微不足道，我还是最喜欢你，我愿意拿所有好吃的去换，去换一个我最喜欢的你。

不是拥有全世界才快乐，而是因为你就是我的世界，所以才如此之满足。感谢你走进我的心里，更走进了我的生命，你出现后的每一个日子都变得不再平凡。或许，对于世界，你是一个人。但对于我而言，风景再美，都不及你好看。你在时，你是一切；你不在时，一切是你。

爱情就是当全世界人都不相信你时，他傻傻地相信你；当全世界人都背弃你的时候，他守候着你；当全世界都充满了敌意的时候，他保护着你；当你离群索居时，他打好包裹来找你。爱情是只要和一个人在一起，就会忘记全世界。

千山

万水，沿路风景有多美，
也比不上在你身边徘徊。

有些人，只是一个转身，却已是天涯，就像有些事，只是一个转折，却已是海角。何谓天涯？又何谓海角？没有人知晓，只是一直前行，一直前行。如果一切真的消失，地球也不见了，那我要我对你的喜爱，还要再在世界里走几个光年才行。

我真的想和你有个很长的未来，很想把所有好的东西都给你，很想肆无忌惮地爱你，很想每天跟你在一起，很想你不开心的时候我都可以哄你，很想你也同时依赖我，很想得到所有人的祝福，很想陪你走完这一生。我打算爱你很久很久，没有想要放弃的念头，但愿这些你都知道，并且也是这样想。

你可能不太明白，我为什么这么看重跟你多吃一顿饭，跟你多看一场电影，甚至跟你多走几步路都会开心得一阵阵傻笑。倒不是我有多爱吃那顿饭，多想看那部电影，多想走那几步路，只是因为做这些事的时候是跟你一起，而这些小事对我而言，就是你全部的陪伴。

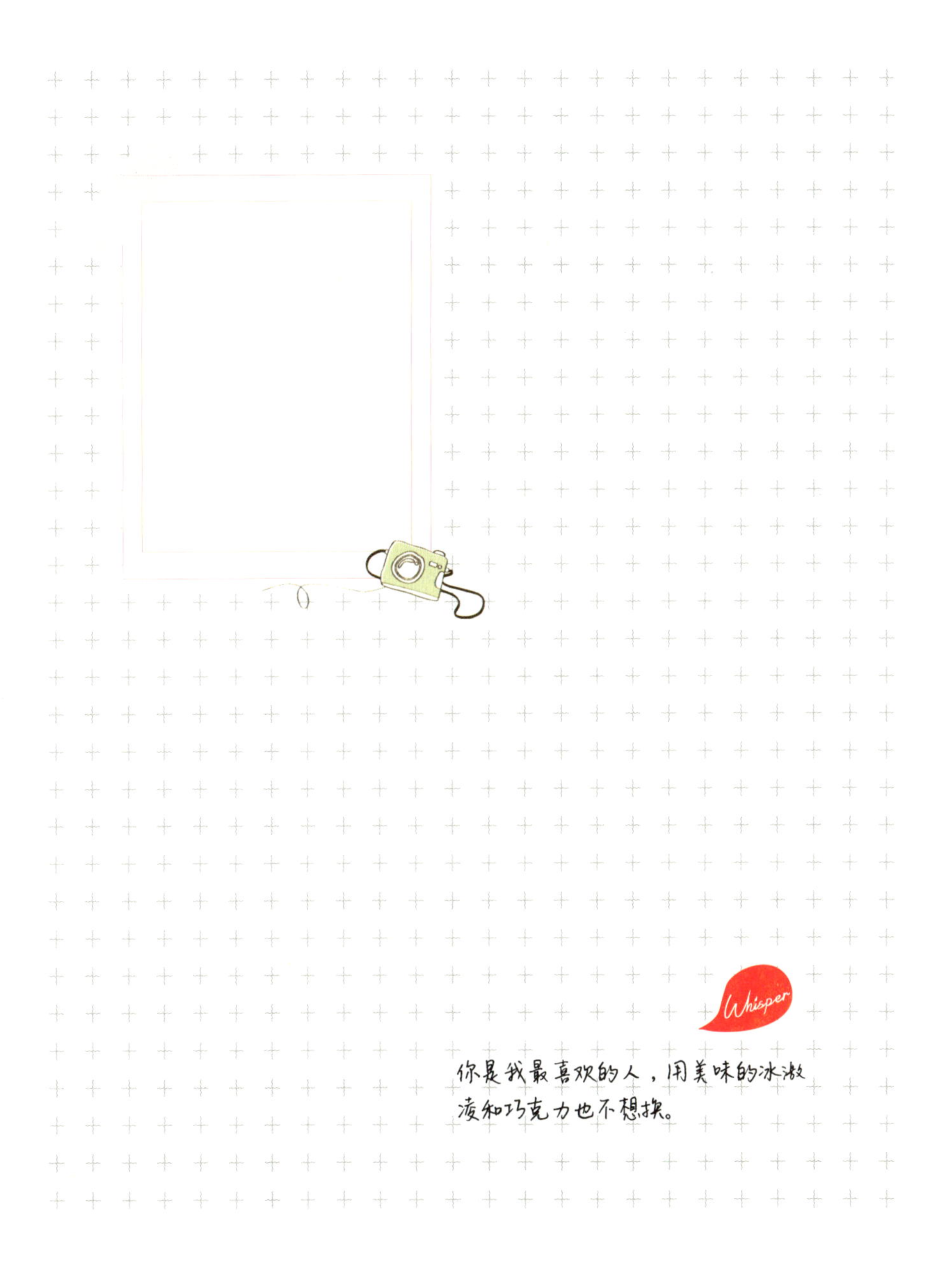

你是我最喜欢的人，用美味的冰激凌和巧克力也不想换。

Part Six

后来，我喜欢的人都像你

青梅枯萎，竹马老去，

从此我爱上的人，

都很像你。

被你喜欢过以后，再没觉得别人有多喜欢我

我们都很好，只是时间不凑巧。可是那么多年的喜欢，让我们之间拥有了更深刻的联系。比情人饱满，比朋友扎实。那是，羁绊。

有一些时光，要在过去后，我们这才会发现它已深深刻在记忆中。多年后，某个灯下的夜晚，蓦然想起，会静静微笑。你已在时光的河流中乘舟而去，消失了踪迹。可是在我心中，却流淌着跨越了时光河流的温暖，永不消逝。

岁月已将我心锻成坚强的铁，令我能从容于人世风霜。唯有你，轻易地就能让它碎裂。只因，你是我所有的青春岁月，是我所有不能忘的欢笑与哀愁，坚硬的外壳下，总有一处深藏的角落，为你温柔地跳动。

在最后的离别时刻，我听见自己骨节拔高的声音，细胞分裂时窸窸窣窣的声音，不停地掉屑，齿轮在坚硬地磨合，可是疼痛已经不再切肤。告别你的那天晚上，是漫天的淫雨，窗外嘈杂一片。一直忘了告诉你，我是那么舍不得你，那么的舍不得。

这一生好漫长，有些人错过了，让我明白爱和拥有是两件事，适不适合比喜不喜欢更重要。或许一切都是最好的安排，就是后来我们没有在一起，但是很久很久以前，还好遇见你。

回忆

这东西若是有气味的话，
那就是樟脑的香，甜而稳妥，
像记得分明的快乐；
甜而怅惘，像忘却了的忧愁。

明明是你先靠近我的，
最后舍不得的，却是我。

你一生中会遇到许多美好的人，可是最打动你的，永远是年少时遇到的那个。正如你一生听到许多好听的歌，可是你唱得最好的，永远是年少时学会的那首。终有一天你会知道，公交车五分钟一班，地铁七分钟一班，有的人、有的事，一辈子只有这一班。

我在找寻你所藏匿的时光，它们刻在谁的掌纹，倒映在属于谁的夏天。混沌了的光线，拉长为旧日画面，触摸到光阴厚重的弥留。我躲在年轮的光圈，独自化作思念。没有人会在乎指尖划过的弧线，只有你迷离而又温柔的双眸才是黑夜最惊鸿的一瞥。

那些年，我们每个星期换一次位置。于是，轰轰烈烈搬桌子、挪书本，计算着与心上人的距离。那些年，上课时总会偷偷望向喜欢的那个人。时光虽然过去了，但过不去的是美好的记忆。但我知道，每段时光，只要放在心上，已经是天长地久了。

命运的门有时挺窄，两个人不能一起过，到了时间总有离开的先后，回过头看其实谁都没错，只是不适合。后来自己终于变成了对方喜欢的样子，但却不再属于对方了，你那边雨还没停，我的世界已经放晴。

爱情的最开始，我们总是愉快地笑着，好像这辈子再也不会哭了。仿佛这辈子除了眼前人，彼此再也不会牵起另一个人的手一样。一段爱情，两个人成长。先红了脸，再红了眼，也许这就是爱情。无论是否能够终老，那么投入地爱过彼此，流过那么多真心的眼泪，我们都长大了，也都不曾辜负那段青春岁月。

那个消失在人海的男孩，教会你爱是会流动的风。那些约好一起变老的女孩，教会你爱是原地深情的磐石。那些你爱听的歌，翻唱起来却总要跑调。那些零度风景饮的冰，回想起来变成雪扑进眼睛。爱开玩笑的迷藏，睁眼看就走散了故人。以为痛起来会死掉的伤，时光终于替我们一一抚平。

我们

笑着说再见，

却深知再见遥遥无期。

如果你叫我，我没有回头，那唯一的原因可能就是我哭了。

有一些事情，只有与青春绑在一起才是美好。或许我们一直念念不忘的，不是那个人，而是那段时光，还有那个时候的自己。但是依然感谢，那个陪伴我们无数岁月的少年，温柔了我们整个年少时光。

岁月是温柔的刀，我在梦里，不觉得锐利。我还记得那年晴空万里，你如夏日骄阳炙热那一朵飘远的云，蜿蜒着的思念写下故事的总结，我还记得那年你的年少刻在从前最美的时间，在我生命里你不曾告别，不曾走远。

一段说长不长说短不短的感情，才忘得那么慢，好像经历了所有事，又好像还有很多没有一起做过。你来的时候，只带来了笑容。你离开了，却留下了数不完的回忆。关于你的一切，挂在那青春的枝头，不愿老去。我等候在季节的路口，等待燕子衔来关于你的消息。

以爱为名的事都值得被原谅

所有男孩在发誓的时候，都是真的觉得自己一定不会违背承诺，而在反悔的时候，也都是真的觉得自己不能做到。所以，誓言这种东西无法衡量坚贞，也不能判断对错，它只能证明，在说出来的那一刻，彼此曾经真诚过。

我有很多重要的东西在有意无意间都丢了，我走过的路、去过的地方、喝过的酒、唱过的歌，在脑海中也逐渐模糊了，当我想起这些的时候，还是会有点心痛，可我知道，时间在让某些事情变得面目全非的同时，也会让另一些事情在生命里纹丝不动，比如想念，还有爱。

若今生在茫茫人海里还有幸与你相遇，我想我会穿越熙熙攘攘的人群，以最美的姿态走到你的面前，给你一个久违的拥抱，我想你的怀抱定和当年一样温暖，那种青春独有的温暖。如果缘分是一个圆，那么在圆的尽头，所有的遗憾，命运都会安排一种特殊的方式，来令其圆满。

希望你别难过太久，希望你以后也能吃很多饭，希望你不要回头看我，希望你那里晴天很多，希望你每天都能睡得熟，希望我们即使偶尔想念彼此也不要再问候，希望你走得越远就有更好的风景。希望，一别两宽，各生欢喜。

对一个

男生来说，最无能为力的事就是“在最没有能力的年纪，碰见了最想照顾一生的姑娘”。对一个女生来说，最遗憾的莫过于“在最好的年纪遇到了等不起的人”。

Moment

我喜欢过你，

这件毋庸置疑的小事，请你记住。

Idea

Event

Idea

你曾悄然无声地走进了我的心里，却没有留在我的身边，你覆盖了我的红颜，惊艳了我的世界。你存在于我心灵最柔软的角落，在我悲伤或者开心时，我都会想起你，你是我记忆里的一个盛夏，是最绚丽的邂逅，也是最凄迷的结局。

总有一些事情是停滞住的，譬如说所有的第一次，第一次拿到最想要的三好生证书；第一次去最大的游乐场；第一次遇见一个人之后的种种，都像是从那个点延续出来的一些模糊的线段。我们真正喜欢的东西、喜欢的感觉、喜欢的人，在心里应该永远不会变样。

我对身在远方的你的思念，总在不经意间，悄悄爬上心灵深处的晓月眉弯。或许，每个人心中都有一段情，或浓或淡，不近不远，却永远无法遗忘；或许，每个人心中都有一道伤，或深或浅，若隐若现，却永远珍藏。

后来有一天，我突然明白你对于我的意义。不是人生的必需，也不是未来的前提。曾经某段路上有你，初食甜蜜，也看过风雨。一度以为感情结束，时间也会失去意义。在后来重复而稳定的生活里，终于也肯说一句感谢你。你是这岁月得以被记得的原因，也让这条路有不一样的风景。不是最好，却各自美丽。

如果所有的错过都是为了遇见，如果所有的辜负都是为了预备值得，如果所有的伤害都是点缀坚强，如果所有的眼泪都是学会珍惜，那我何其有幸，遇见那时的你，不是太晚，不是太迟。

没有所谓的快乐和痛苦，同样，也没有所谓的怀念与忘却，有的也只不过就是这样淡淡的青春。在短暂的岁月里，我只是简单地爱过你，得到或者没有得到；简单地被你爱过，知道或者并不知道。即便是最终也像所有故事的结局一样，散落在天涯，两两相忘。

我从没想过，浓烈的热情是如何被冲淡的？可能就是一次又一次的怠慢和不及时的回应吧。我已经学会不去打听你的消息，不去琢磨你的状态。偶尔记起，也只是会嘴角微微上扬，毕竟你给了我别人给不了的，不仅是谢谢你，更要谢谢那段时光。

我有一点害怕，害怕在你时光的记忆里，

我的模样在你心里不够美好。

一定

会有那么一个人，当你想起他时，

心里就会掠过浮云般的温柔。

被血脉里的感情牵引，

天涯海角，莫失莫忘。

或许以后的我会喜欢上另外一个人，就像当初喜欢上你一样，也或许除了你，我再也遇不到能让我感受得到心跳的人，到最后只能把你埋在心里。我知道，当青春逝去的时候，很多东西都会面目全非，所以我才更加珍惜，也许你会是我人生中最大的遗憾，但我始终谢谢你，来过我的青春。

爱过了，就别问是缘深缘浅；珍惜过，便是永远。年少的感情，遇见、交错，也许已然是最好的结局。岁月，就在这念与不念之间渐行渐远，你我的心都在路上行走，一半欣喜，一半忧伤。

当初有些事，让我们刻骨铭心；曾经有些人，令我们难以释怀。我们一路走来，告别一段往事，走入下一段风景。路在延伸，风景在变幻，人生没有不变的永恒。走远了再回头看，很多事已经模糊，很多人已经淡忘，只有很少的人和事与我们有关，牵连着我们的幸福和泪水，这才是我们真正应该珍惜的。

也许多年以后，我会淡忘曾经经历的所有细节；也许多年以后，我会忘记自己为你的奋不顾身。所有关于我们的记忆，都敌不过将来我们的忘记。但无论时间如何流逝，日后的我，都不会忘记当初爱你时的心情。

有时我还会意犹未尽地想起你，以及有关你的所有。那些色彩游离的画面构成初恋的全部背景，像古代的壁画一样漫漶在岁月的抚摩之中。你写在沙滩上的情话被潮汐卷走，但是在我心中却镌铭如铜刻。

旧恋情就像一颗柠檬，如果就这么生吃的话，肯定会是又酸又苦的。如果用时间稀释的话，又会是恰到好处的味道，即使再稀释，即使倒空杯子，也会闻到淡淡的柠檬味，这就是难忘。

你也有一个忘不掉的人吧，即使那个人没有陪你走到最后，不管他是不是你最好的朋友或者是你爱过的人，你都割舍不掉回忆；不管如今是分开还是陌生，你依旧心存感激，因为他出现在你最美好也是最容易被辜负的时光里。陪你走过、疯过、哭过、笑过，给过你温暖，这一点，是时光都无法磨灭的。

在以后的日子，我也遇见过很多人，有人像你的发，有人像你的眼，有人像你的微笑，却没有一张是你的脸。就好像，我无法复制的光阴，无法复制的青春里，

有一些

人，这辈子都不会在一起，
但是有一种感觉却可以藏在心里，
守一辈子。

Whisper

我总是意犹未尽地想起你，这是最残酷也最温柔的囚禁吗？

只有你。

不管如今我们是怎么样的关系，至少我曾经深爱过你一场，至少在那场一对一的爱情赛事里面，我也曾为你倾倒。现在想起来，我会觉得，当初就算是哭着分开，如今也可以笑着回首属于我们的那段往事，这也就足够了。

有一天，你终会发现，那曾深爱过的人，早在告别的那天，已消失在这个世界。心中的爱和思念，都只是属于自己曾经拥有过的纪念。有些事情是可以遗忘的，有些事情是可以纪念的，有些事情能够心甘情愿，有些事情一直无能为力。爱情，是缘也是劫。

你错过的，别人才有机会遇到

每一段感情曾经犯下的错，都会希望在下一个人身上寻求救赎，所以往往是你教会了我珍惜，我却以之相伴他人。我教会了你爱情，你却与另一个人共度余生。大概这就是成长，没有公不公平。也许有一天，我们会变成永不闪烁的头像，静静地躺在彼此的通讯录里。别难过，这是岁月对你、对我、对那段相互陪伴的人生最安静、最平和的留念。

故事的开头总是这样，适逢其会，猝不及防。故事的结局总是这样，花开两朵，天各一方。下一个爱上他的姑娘，请你替我好好爱他；下一个他爱上的姑娘，请你好好珍惜他。我要感谢那个要陪他走一生的姑娘，谢谢你，实现了我一直以来的梦想。

这世界从不缺好的故事。故事的结局，静香没有嫁给大雄；赤木晴子可能是樱木花道未完成的初恋。有人曾牵手，但不会到最后，就像刚好在赶不同的列车，可能就与缘分失之交臂；抑或原本以为能长久同行的人，结果提前下了车。看似遗憾，但世事无常，总要允许有人错过你，才能赶上最好的相遇。

感谢你赠我一场空欢喜，我们有过的美好回忆，让泪水染得模糊不清了，偶尔想起，记忆犹新。当初我爱你，没有什么目的，只是爱你。

真正的，

忘记，并非不再想起，

而是偶尔想起，心中却不再有波澜。

你存在的意义，是诠释了我仓促青春里的爱情。也有很多次我想要放弃，但是它在我身体里的某个地方留下了疼痛的感觉，一想到它会永远在那儿隐隐作痛，一想到以后我看待一切的目光都会因为那一点疼痛而变得了无生气，我就怕了。可是我从没怀疑，爱你，是我做过的最好的事。

难为你走了那么多路和我相遇，也庆幸在匆忙的年纪里抓住过你。未必懂事，未必成熟，也未必能道得出爱与喜欢的意义。在一起是幸运，若不在一起，那故事一定会自有安排。

你迟早会牵着别人的手，吻着别人的唇，抱着别人入睡；我也迟早会戴着别人给的戒指，穿着别人订的婚纱，挽着别人的手，成为别人的新娘。也许你会在亲吻别人的脸庞时，突然想起我的模样；我或许也会在依靠别人的肩膀时，眼前浮现你的笑脸。但这一切都与你我无关了，也许这就是青春的残忍吧。

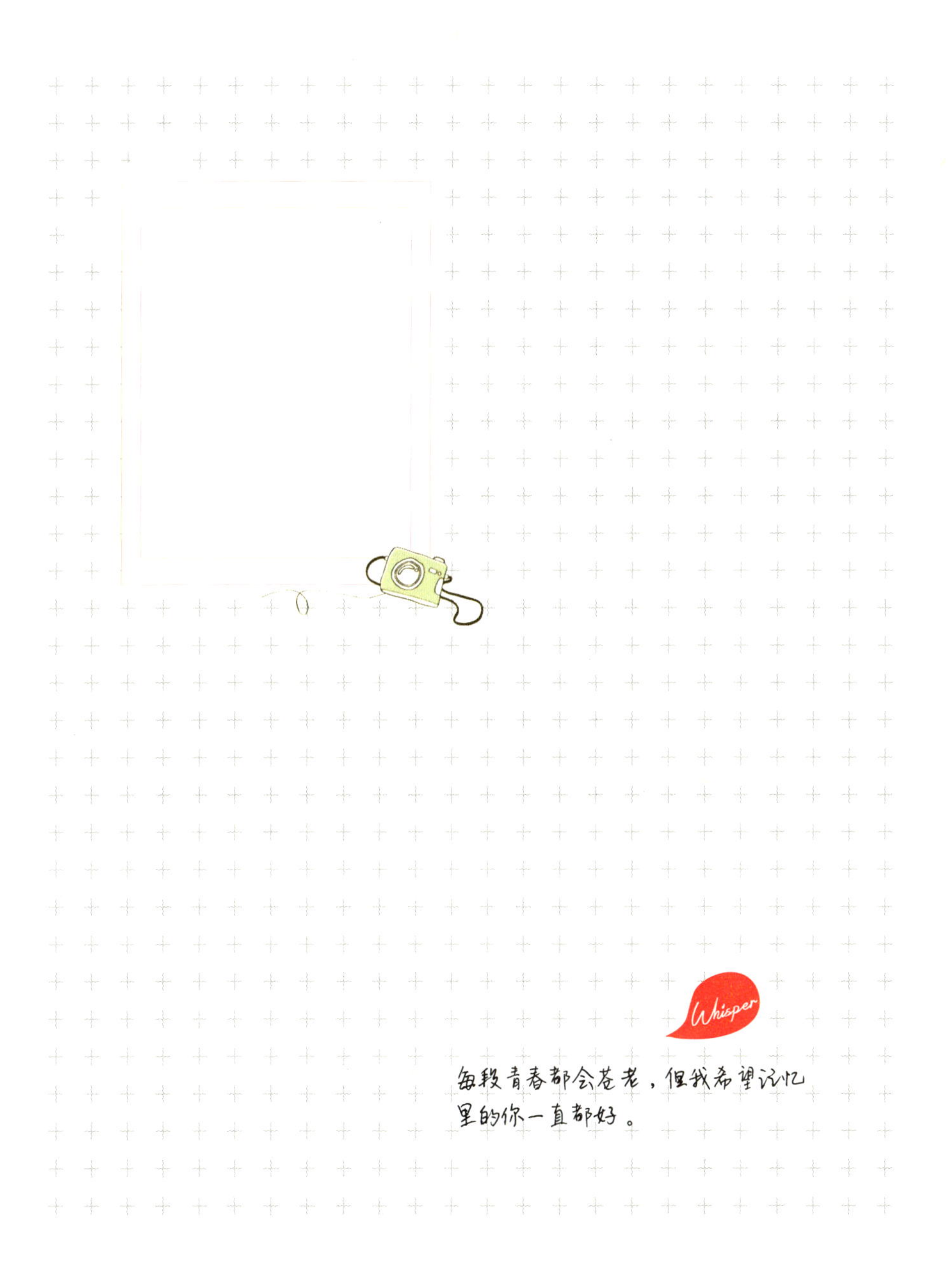
Whisper
每段青春都会苍老，但我希望记忆
里的你一直都好。

如果时光可以倒流，我还想再认识你一次

回忆退回成画面，记忆零散为情节。在偶然的初夏瞬间，你是我最美丽的遇见。如果时光可以倒着走，我还是会想起第一次遇见你时，达到了 110 次的心跳；还是会想起，在喜欢你的无数个日夜里，每天都在演算一个对你告白的公式。

有些人注定只会活在你的心底，消失在你的生活里。你从心底知道自己是爱他的，尽管已经记不起他的样子。因为这爱如此深重，以至于你一度以为自己永远也不会忘掉。直到有一天你发现，那些堆积在心里的思念，竟然不知不觉变得无影无踪。但至少，他曾经让你觉得，遇见他，是一件值得被岁月祝福的事。

每一个离别，都可能是最后一次相见，每一个安然离去的背影，都可能是你我故事里最后的画面，只是那时我们都没发现。并不一定每一个相遇都是久别重逢，但你若珍惜，请把每一个久别重逢，都当作是最初相识。

有时候恍惚回到从前，阳光晒得那么耀眼，家长的自行车、穿校服的同学和书包里的作业本，空气里有青涩的味道。错乱中好像感觉到你的影子，在我后面看着我，等我回过头，好给我一个微笑。我多想重新认识你，从你叫什么名字开始。

听别人谈论起爱情，
突然发现我还是好想你。

渐渐地，

你我也许早已容颜沧桑，各安天涯。

时间之外，你我依旧眉目晶莹，

并肩坐在那落满桃花瓣的教室台阶上。

剪一段月光，织不出你的模样；携一卷浮云，留不下旧时光。旧时光一定是个美人，才让我们念念不忘。在青春的长河里，我们无时无刻不在转身告别，与人、与事、与一段感情，光阴荏苒，往事如烟，止不住的是那岁月的脚步。还好，我曾经遇到了你，在最美的年华遇见了最美的你。

我没有更多的祝福给你，只希望你那边天气适宜，有茶可以喝，有人关心，不会失眠，不会被骗。如果那里天气晴朗，你就留在那里；如果那里风雨凄凉，请赶快回到我身旁。愿再次相见，你我都已褪去青涩不安，笑着问候。

多年以后，我沿着曾经的脚印，找寻那些丢弃在回忆里的有关于你的温馨，突然发现，坚强的自己竟然无法负荷一滴眼泪的重量。人生总有太多无奈的风景，每一个故事的背后都酝酿着诸多的懂得，每一滴眼泪的背后都隐藏着一段无法忘怀的曾经。

这是一本满足读者互动需求的实验性图书。也是一本你可以拿来使用的告白书。书中微妙又甜蜜、唯美又干净的情话可供你阅读、摘录。你还可以把它当成一本私人纪念册，关于青春，关于爱情，你有太多珍贵的回忆需要安放，太多的情绪想要倾诉。那么，这里总有一句是你没来得及说出口的爱恋，总有一处场景是你似曾相识的青春。

图书在版编目（CIP）数据

后来，我喜欢的人都像你 / 万诗语著. — 北京：化学工业出版社，2017.6

ISBN 978-7-122-29501-9

Ⅰ. ①后… Ⅱ. ①万… Ⅲ. ①散文集 - 中国 - 当代 Ⅳ. ① I267

中国版本图书馆 CIP 数据核字（2017）第 080765 号

责任编辑：张　曼　龙　婧　梁　虹　　装帧设计：远流书衣

责任校对：宋　玮

出版发行：化学工业出版社（北京市东城区青年湖南街 13 号　邮政编码 100011）

印　　装：北京新华印刷有限公司

889mm × 1194mm　1/32　印张 6　字数 150 千字

2017 年 7 月北京第 1 版第 1 次印刷

购书咨询：010-64518888（传真：010-64519686）　售后服务：010-64518899

网　　址：http：// www.cip.com.cn

凡购买本书，如有缺损质量问题，本社销售中心负责调换。

定　价：48.00 元